NAME: Justus Jonas
FUNKTION: Erster Detektiv
FRAGEZEICHENFARBE: weiß
BESONDERE MERKMALE: das Superhirn der drei ???; Meister der Analyse und Wortakrobatik; erstaunlich schneller Schwimmer; zu Hause auf dem Schrottplatz von Tante Mathilda und Onkel Titus; zupft beim Nachdenken an seiner Unterlippe
IST FAN VON: Tante Mathildas Kirschkuchen und Denksport aller Art

NAME: Peter Shaw
FUNKTION: Zweiter Detektiv
FRAGEZEICHENFARBE: blau
BESONDERE MERKMALE: für körperliche Herausforderungen immer zu haben, dafür kein Ass in der Schule; großer Tierfreund; Spezialist für Schlösser aller Art, die seinem Dietrichset einfach nicht standhalten können; neigt zu Vorsicht und Aberglauben
IST FAN VON: schnellen Autos (insbesondere seinem MG), der südkalifornischen Sonne, so ziemlich jeder Sportart

Die drei
???®

Die drei ???®

Verbrechen im Nichts

erzählt von Kari Erlhoff

Kosmos

Umschlagillustration von Silvia Christoph, Berlin
Umschlaggestaltung von eStudio Calamar, Girona, auf der Grundlage der Gestaltung von Aiga Rasch (9. Juli 1941 – 24. Dezember 2009)

MIX
Papier aus verantwortungsvollen Quellen
FSC® C014496
FSC
www.fsc.org

Gedruckt auf chlorfrei gebleichtem Papier

ISBN 978-3-440-14830-3
Redaktion: Anja Herre, Annemarie Chiappetta
Lektorat: Nina Schiefelbein
Produktion, Layout und Satz: DOPPELPUNKT, Stuttgart
Druck und Bindung: GGP Media GmbH, Pößneck
Printed in Germany / Imprimé en Allemagne

Die drei ???®
Verbrechen im Nichts

Nichts im Nichts

»Das ist Nichts!« Bob Andrews seufzte. Dabei deutete er auf eine Hauptstraße mit kleinen Läden, einem alten Spielplatz und einem Rathaus, das schon bessere Tage gesehen hatte. Neben ihm standen seine besten Freunde, Justus Jonas und Peter Shaw. Die drei Jungen waren gerade aus dem Fernbus gestiegen. Hinter ihnen schloss sich zischend die Bustür. Dann setzte sich das Gefährt wieder in Bewegung. Jetzt konnte man auch das große, bunte Schild hinter der Haltestelle sehen. Es zeigte eine sonnenbeschienene Ebene, einen Maiskolben und eine lächelnde Kuh. Darüber stand in altmodischen Buchstaben: »Welcomc to Nothing. Nothing is better!«

Justus gab ein schnaubendes Lachen von sich. »›Willkommen in Nichts. Nichts ist besser.‹ Ein sehr einfallsreicher Spruch.«

»Genauso einfallsreich wie der Name der Stadt«, fand Peter.

»Der Begriff ›Stadt‹ ist wohl stark übertrieben.« Justus schulterte seine schwere Reisetasche. »Wenn ich richtig informiert bin, hat Nothing gerade mal 2.500 Einwohner. Der Name kommt übrigens aus der Zeit der ersten Siedler. Als die im 19. Jahrhundert mit Planwagen durch den Mittleren Westen der USA zogen, fanden sie hier nämlich nichts vor. Nichts außer weiten Ebenen, Felsen und Geröll.«

»Spannend«, sagte Peter und man hörte, dass er das überhaupt nicht ernst meinte. »Wo sollen wir denn jetzt auf deine Familie warten, Bob?«

Bob spähte die Hauptstraße hinab. Er seufzte. »In einem Eiscafé namens *Nirgendwo*.«
Tatsächlich gab es ein paar Meter weiter eine Eisdiele. Unter einer rot-weiß gestreiften Markise standen drei Tische im Halbschatten. Aus dem Inneren schallte fröhliche Country-Musik.
Bob ließ sich auf einen der Stühle sinken. »Immerhin eine Eisdiele. Ansonsten hat sich hier vermutlich nichts geändert, seit meine Mom als Kind Ferien in Nothing gemacht hat.«
»Mitten im Nichts, wo sich nichts ändert und nichts passiert«, murmelte Justus. »Deshalb sind wir schließlich hier.«
Das traf die Sache auf den Punkt. Die drei ??? – wie die Jungen sich nannten – betrieben in ihrer Freizeit ein erfolgreiches Detektivbüro und hatten schon so einige spannende Kriminalfälle gelöst. Dass sie dabei hin und wieder ernsthaft in Gefahr gerieten, störte Bobs Mutter schon lange. Auch Peters Eltern waren nicht besonders glücklich darüber, dass ihr Sohn in den Ferien auf Verbrecherjagd ging, statt Schulkameraden am Strand zu treffen, zu surfen oder den Rasen zu mähen. Peter war zwar ein begnadeter Sportler und gern mit dem Surfbrett auf dem Meer, noch viel häufiger aber war er mit Justus und Bob unterwegs. Nach einem besonders gefährlichen Fall hatten sich die Eltern im Haus der Familie Andrews getroffen, um über die Sommerferien zu sprechen. Auch Justus' Onkel und Tante, bei denen der Erste Detektiv lebte, waren dabei gewesen. Nach einem ausgiebigen Abendessen beschlossen die Erwachsenen einstimmig: Die Jungs sollten wenigstens einen Teil der Sommerferien an einem vollkommen harmlosen Ort verbringen. »Einem Ort, an dem

es erst gar keine Verbrecher gibt«, so Bobs Mutter. »Keine mysteriösen Geheimnisse und somit auch keine Fälle. Nur Sonne, frische Luft, gutes Essen und nette Gleichaltrige, mit denen ihr die Gegend erkunden könnt.«

So waren sie auf Nothing gekommen. In dem Ort besaß die Lieblingstante von Mrs Andrews eine kleine Farm und Bobs Mutter hatte als Kind so manchen Sommer hier verbracht. Natürlich waren die Jungen alles andere als glücklich gewesen, das bunte Leben in Südkalifornien zu verlassen und durch mehrere Bundesstaaten der USA mitten ins Nichts zu fahren. Aber Mrs Andrews hatte dafür gesorgt, dass alle Erwachsenen von der Idee begeistert waren. Sie überzeugte sogar Tante Mathilda und Onkel Titus, die Justus normalerweise viel Freiraum ließen und sich nicht so schnell Sorgen machten. Anscheinend hatten sie plötzlich alle ein sehr idyllisches Bild im Kopf: die drei Jungen, die mitten auf dem Land einen gemütlichen Urlaub verbrachten, im Stroh schliefen, baden gingen, mit anderen Kindern auf Bäume kletterten und hin und wieder auf dem Hof mit anpackten. Dagegen waren selbst Justus' vielfältige Argumente machtlos. Bobs Großtante wurde angerufen, Tickets wurden gekauft und Reisetaschen gepackt. Schließlich waren die drei ??? mit Zug und Bus quer durchs Land nach Nothing gefahren. Und hier saßen sie nun, hunderte von Kilometern von Rocky Beach entfernt. Ohne einen Kriminalfall und mit Aussicht auf drei sehr lange Wochen bei Großtante Rosemary. Und noch dazu mit deren Enkeln, die jeden Sommer in Nothing verbrachten.

»Herzlich willkommen im *Nirgendwo*! Nirgendwo ist das Eis

besser!«, riss eine weibliche Stimme die Jungen aus ihren Gedanken. Eine rundliche Frau mit einer riesigen Brille und rot gefärbten Locken war an ihren Tisch getreten. Auf einem kleinen Schild an ihrer hellblauen Bluse stand »Priscilla Sicktree«. Sie lachte kurz über den Spruch, obwohl sie ihn bestimmt schon tausendfach aufgesagt hatte. »Was kann ich euch bringen?«

»Einen Erdbeershake, bitte«, sagte Bob. Peter bestellte einen Schokoshake und Justus entschied sich für den Eisbecher *Berg des Schicksals*. Das klang nicht nur dramatisch, sondern auch reichhaltig. Und Justus Jonas hatte Hunger. Daher fügte er noch ein »Mit extra Sahne!« hinzu.

»Gern.« Mrs Sicktree notierte sich die Wünsche auf einem Zettel. Als sie fertig war, sah sie auf und musterte die drei ??? eingehend. »Das Schicksal hat euch hergebracht«, meinte sie plötzlich.

»Nein«, beteuerte Peter verwirrt. »Wir wussten bis eben gar nicht, dass es hier so einen Eisbecher gibt.«

Sie lächelte gutmütig. »Natürlich nicht. Ihr seid nicht von hier. Und ich meine auch nicht den *Berg des Schicksals*. Ich meine damit die geheimnisvollen Pläne des Universums. Die Mächte, die Vergangenheit, Gegenwart und Zukunft zu einem feinen Netz verweben und niemals innehalten.«

Justus strich sich ungeduldig über den Bauch. Sein Magen knurrte. Er wollte Eis und keine Geschichten über das Universum hören – noch dazu esoterisches Gefasel, das nichts mit Wissenschaft zu tun hatte. Wenn schon Universum, dann bitte schön in Form von Astrophysik. Nüchterne Wissenschaft, Zahlen und Fakten, Gleichungen und Berechnun-

gen waren etwas, was Justus interessierte. Der Erste Detektiv der drei ??? war ausgesprochen intelligent.
Aber davon konnte Priscilla Sicktree nichts wissen. Sie durchbohrte die Jungen weiter mit ihren neugierigen blauen Augen, statt die Shakes und das Eis zu bringen. »Ihr kommt aus der sonnigen Ferne. Vom großen Meer! Ihr sucht die Gefahr. Doch hier wird die Gefahr euch finden.«
Bei dem Wort »Gefahr« horchte Justus auf. »Welche Gefahr?«
»Ihr folgt einem Pfad, der vorherbestimmt ist. Doch die Sterne warnen euch. Ein Knall, der die Stille teilt. Blutstropfen auf weißem Stein, eine Botschaft aus der Vergangenheit und alte Worte, die Gefahren mit sich bringen.«
Die Jungen warfen einander fragende Blicke zu. Doch die Frau redete unbeirrt weiter. »Ein Schatten kommt. Er heftet sich an eure Fersen. Und wenn der Donner zum dritten Mal grollt, dann …«
»Priscilla!« Ein hagerer Mann mit Halbglatze kam aus dem Café. »Die Kaffeemaschine hat wieder ihren Geist aufgegeben.«
»Ich komme gleich, Hank«, antwortete sie gelassen. »Ich nehme hier nur rasch die Bestellung auf.«
»Gut«, seufzte der Mann. »Du bist die Einzige, die das Ding wieder zum Laufen bringen kann. Und Sheriff Stone wartet ungeduldig am Tresen auf seinen Nachmittagskaffee.«
»Den Mann sollte man nicht warten lassen.« Mit einem weiteren gutmütigen Lächeln steckte Mrs Sicktree den Block in ihre Schürzentasche und folgte ihrem Kollegen ins Café.
»Was sollte das denn?«, fragte Peter, als die drei ??? wieder

allein waren. »Ein Knall, Blut, eine Botschaft und Schicksal?«
»Sie wird einfach so dahingeredet haben«, mutmaßte Bob. »Oder es macht ihr Spaß, Touristen zu erschrecken.«
»Immerhin wusste sie, dass wir vom Meer kommen«, gab Peter zu bedenken.
»Der geübte Beobachter kann eine ganze Reihe von Informationen gewinnen, wenn er sein Gegenüber studiert«, erklärte Justus. »Wie die Leute hier sind auch wir sonnengebräunt. Aber die Dame hat uns noch nie gesehen und wir haben Gepäck dabei. Daraus hat sie geschlossen, dass wir Fremde sind. Und zwar Fremde aus einem anderen Staat der USA.«
»Wieso muss es ein anderer Staat sein?«, wollte Peter wissen.
»Während ich mich bemühe, in neutralem Englisch zu sprechen, haftet eurer Sprache der typische kalifornische Klang an. Die Leute in Nothing sprechen mit einem ganz anderen Akzent.« Justus geriet begeistert ins Dozieren und vergaß dabei sogar seinen Hunger. »Ferner konnte sie sehen, dass Peter gern surft. Seine Hände sind braun, sein Gesicht auch, aber der Hals und seine Arme sind blasser, weil er einen Neoprenanzug getragen hat. Sein Haar ist sichtlich von Salzwasser und Sonne ausgeblichen und strapaziert. Typisch für jemanden, der viel surft. Es ist also naheliegend, dass wir vom Meer kommen.«
»So naheliegend ist das nun auch wieder nicht«, wandte Peter ein. Insgeheim jedoch bewunderte er wieder einmal Justus' Talent, Zusammenhänge zu erkennen und logische Schlussfolgerungen zu ziehen.

Aber da mischte sich bereits Bob ein. »Vielleicht hat sie auch einfach davon gehört, dass wir heute hier ankommen. Nothing ist so klein, dass diese Mrs Sicktree bestimmt auch meine Großtante kennt.«
»Das wäre natürlich eine weitere Möglichkeit.« Justus räusperte sich. »Meiner Einschätzung nach ist Mrs Sicktree eine lebhafte Frau, die ihren Job schon einige Jahre macht. Sie ist gern hier, freut sich aber stets über Abwechslung. Da kamen wir ihr gerade recht.« Er blickte auf die staubige Straße, die in der Nachmittagssonne lag. Schräg gegenüber trat eine Frau aus einem Blumengeschäft und ein Kind mit einem kleinen Hund schlenderte an dem Spielplatz vorbei. Abgesehen von diesen zwei Menschen schien Nothing träge und verlassen in der Sommerhitze zu schlafen. Justus wollte gerade eine Bemerkung dazu machen, als ein ohrenbetäubender Knall erklang.

Ein Knall, der die Stille teilt

Peter zuckte zusammen. Bob ließ beinahe sein Handy fallen, auf dem er gerade eine Mitteilung abgerufen hatte, und Justus fuhr mit einem Ruck herum. Ein klappriger, gelber Pick-up kam die Straße entlanggetuckert. Der Motor machte verdächtige Geräusche. Vor der Eisdiele kam das Auto schnaufend zum Halt. Es erinnerte Bob an ein altersschwaches Pferd, das nach einem langen Ritt durch die Prärie vor dem Saloon stehen bleibt.

»Das war eine Fehlzündung!« Peter deutete auf den Pick-up. »Wenn die Zündkerzen im Motor nicht mehr richtig arbeiten, kann es so ein Geräusch geben. Das klingt dann wie ein Schuss.« Mit Autos kannte sich Peter deutlich besser aus als seine beiden Freunde und freute sich, auch mal mit Wissen glänzen zu können. »Der Wagen könnte sowieso eine Grundüberholung vertragen.«

»Das kannst du dem Fahrer gleich persönlich sagen«, schlug Bob vor. »Das müsste nämlich Brian sein. Und daneben seine kleine Schwester Ashlyn.«

»Dein Cousin und deine Cousine?«, wollte Peter wissen. Er reckte sich, um den Jungen besser sehen zu können, der jetzt aus dem Führerhaus stieg.

»Großcousin und Großcousine«, verbesserte Bob. »Oder wie auch immer man die Kinder der Cousine der eigenen Mutter nennt.«

»Cousin und Cousine zweiten Grades«, sagte Justus. Doch bevor er einen Vortrag über die korrekten Bezeichnungen

von Verwandtschaftsverhältnissen halten konnte, traten die beiden zu ihnen an den Tisch. Justus musterte die Ankömmlinge eingehend. Ashlyn war etwa zwölf Jahre alt, hatte dunkelblonde Haare und lebhafte grüne Augen. Ihre Jeans waren kurz oberhalb des Knies abgeschnitten und sie trug einfache Turnschuhe, die von Sand und Staub grau verfärbt waren. Außerdem hatte sie offensichtlich bereits ein paar sommerliche Tage in der Natur verbracht: Sie war nicht nur braungebrannt, sondern hatte auch zahlreiche Mückenstiche, Kratzer an Armen und Beinen und ein großes Pflaster auf dem rechten Knie. Sah dieser Zustand bei Ashlyn natürlich aus, wirkte er bei ihrem großen, etwa sechzehnjährigen Bruder etwas bizarr. Dazu war Brian für einen Jungen recht zierlich gebaut, hatte ein schmales Gesicht und trug eine auffällige Brille mit einem dicken rotbraunen Rahmen.
»Ihr seid Bob, Peter und Justus, nicht wahr?« Der Junge wartete keine Antwort ab und wandte sich direkt an Bob. »Ich bin Brian, der Enkel von deiner Großtante Rosie. Und das da ist meine Schwester Ashlyn.«
»Ich weiß.« Bob lachte. »Wir haben uns doch vor drei Jahren auf diesem Familienfest in Boston gesehen, schon vergessen?«
»Natürlich nicht«, meinte Brian. Er nahm sich einen Stuhl und rückte ihn an den Tisch. »Habt ihr schon was bestellt? Im *Nirgendwo* gibt es das beste Eis, das man sich vorstellen kann.«
Ashlyn schnappte sich ebenfalls einen Stuhl und drängte sich zwischen Peter und Bob. »Es war meine Idee, euch hier abzuholen. So könnt ihr euch vor der harten Arbeit auf dem Hof noch etwas stärken.«

»Harte Arbeit?«, ächzte Bob. »Ist es so schlimm?«
»Ihr werdet es ja sehen«, sagte Brian unheilvoll.
»Habt ihr eben den Knall gehört?«, wechselte Ashlyn das Thema. »Ich dachte, mein Herz bleibt stehen.«
»Der Knall …« Peter nickte nachdenklich. Doch dann besann er sich. »Euer Auto hatte eine Fehlzündung. Ich kann mir das gerne mal ansehen, wenn ihr wollt.«
»Das wäre vielleicht nicht schlecht«, meinte Brian. »Oma Rosies Pick-up ist ziemlich alt und hat viele Macken. Aber geknallt hat er bisher nie. Das klang gerade wie ein Schuss.«
»Eis und kalte Getränke.« Priscilla Sicktree kam mit einem Tablett aus dem Café. Sie stellte die beiden Shakes und einen gigantischen Eisbecher mit Sahnehaube vor den Jungs ab. Dann nahm sie die Bestellungen der Geschwister auf und verschwand wieder. Dieses Mal ohne mysteriöse Andeutungen.
»Kennt ihr die Frau?«, fragte Peter leise, als Mrs Sicktree außer Hörweite war.
»Klar. Priscilla ist hier im Ort eine Art Berühmtheit.« Brian sah sehnsüchtig auf den Berg aus Eis, der nun vor Justus stand. »Sie ist schon eine halbe Ewigkeit das Herz der Eisdiele. Außerdem kann sie …« Er zögerte, so als ob er den nächsten Satz gründlich überlegen müsste. »Also, sie kann Dinge sehen. Stürme, Unfälle und solche Sachen. Die Bauern schwören auf ihre Voraussagen. Selbst Oma Rosie richtet sich danach. Sie würde nie den Mais pflanzen, bevor Priscilla nicht ihr Okay gegeben hat.«
»Das ist purer Aberglaube«, stellte Justus fest.
»Vielleicht«, meinte Brian.

Peter rieb sich nervös den Nacken. »Hoffen wir, dass Justus wieder einmal recht hat.«

Bobs Großtante entpuppte sich als herzliche Frau mit dichtem weißen Haar und tiefen Lachfältchen um die Augen. Lediglich die Arbeitshosen und die derben Stiefel passten nicht ins Bild der gemütlichen, netten Oma. Gewöhnungsbedürftig war auch der massige Bernhardiner, den sie am Halsband gepackt hielt. Er hatte wütend gebellt, als die Jungen aus dem Pick-up gestiegen waren. Jetzt beäugte er sie kritisch, so als würde er nur auf ein Zeichen seiner Herrin warten, um die drei vom Hof zu jagen – oder sie als Zwischenmahlzeit zu verspeisen.
»Das ist Old Buck«, erklärte Rosie den drei ???, nachdem sie die Jungen begrüßt hatte. »Er ist schon sehr alt, aber ein guter Wachhund. Wenn er euch erst einmal richtig kennt, ist er ungefährlich.«
Justus warf einen skeptischen Blick auf das riesige Tier. Er fragte sich, ob er überhaupt Wert darauf legte, Buck richtig kennenzulernen. Allein die Pfoten waren so groß wie Untertassen.
»Buck ist so lieb!« Ashlyn streichelte über das braun-weiße Fell des Hundes. Er begann, entspannt zu hecheln. Ohne jedoch die drei ??? aus den Augen zu lassen.
»Old Buck leistet mir seit vielen Jahren Gesellschaft«, stimmte ihre Großmutter zu. »Er ist ein richtiges Familienmitglied und zugleich ein Andenken an meinen verstorbenen Mann.«
»Betreiben Sie die Farm denn ganz allein, Mrs Wrenwick?«, fragte Justus erstaunt.

Sie lachte. »Nennt mich bitte Rosie. Und nein, ich bekomme Hilfe von meinem Sohn Walther. Er lebt mit seiner Frau und seinem Sohn in einem kleinen Haus in Nothing. Aber sein Arbeitsplatz ist hier. Er ist Landwirt.«

»Onkel Walther lernt ihr morgen kennen«, fügte Ashlyn hinzu. »Und vielleicht kommt auch Jonathan mit. Das ist unser Cousin.«

»Wird schon stimmen«, murmelte Peter. Er hatte längst aufgegeben zu versuchen, die Familienverhältnisse zu durchschauen. Fest stand, dass es hier in Nothing eine ganze Reihe von jungen und alten Wrenwicks gab, die über mehr oder weniger Ecken mit Bob verwandt waren.

»Jonathan hat letztes Jahr die Polizeiakademie abgeschlossen«, erklärte Rosie stolz. »Er arbeitet jetzt für den Sheriff. Aber genug geredet. Ihr wollt euch doch sicher umschauen!«

Großtante Rosie zeigte den drei ??? gemeinsam mit ihren Enkeln die Scheune und die Stallungen. Seit dem Tod ihres Mannes hatte sie nur noch eine kleine Herde von Longhorn-Rindern, die jetzt alle auf der Weide waren.

»Wir haben deutlich weniger Vieh als die Nachbarn«, erklärte sie. »Aber dafür hat meine Zucht einen außerordentlich guten Ruf.«

Nachdem Rosie den Jungen auch den Garten und den Hühnerstall gezeigt hatte, gingen sie zum Wohnhaus. Es war in einem freundlichen Gelb gestrichen und hatte eine große Veranda, die mit Fliegengittern vor Insekten geschützt war. Das Haus selbst war einfach, aber farbenfroh eingerichtet. Im ersten Stock lag das Gästezimmer für die Jungen. Neben einem geräumigen Schrank gab es dort ein Etagenbett mit

Leiter und eine Liege, über die eine bunte Decke ausgebreitet war.
»Es ist nicht gerade eine Luxussuite, aber ihr habt alle genug Platz«, meinte Rosie. »Brian schläft in dem kleinen Zimmer nebenan und Ashlyn hat eine Kammer unter dem Dach. Es tut gut, das Haus mal wieder voller Kinder zu haben!« Als sie Justus' entrüsteten Gesichtsausdruck sah, korrigierte sie sich schnell. »Ich meine natürlich Jugendliche. Dem Kindesalter seid ihr wahrlich entwachsen.«
»Stimmt es, dass ihr Detektive seid?«, fragte Ashlyn, die sich hinter ihrer Großmutter durch die Tür gedrängt hatte.
»Durchaus«, sagte Justus – nicht ohne Stolz. Dann holte er aus seiner Hosentasche eine Visitenkarte der drei ??? und reichte sie dem Mädchen.

»Sehr cool!«, entfuhr es Ashlyn. »Und ihr habt schon so richtig echte Kriminalfälle gelöst?«
»Wir sind auf Geheimnisse, Rätsel und mysteriöse Erscheinungen aller Art spezialisiert«, erklärte Justus. »Aber wir ha-

ben es auch schon mit Bankräubern, Betrügern und Entführern zu tun gehabt. Unsere Erfolgsquote spricht für unsere Arbeit.«

»Hier in Nothing gibt es nichts zu ermitteln«, sagte Rosie voller Überzeugung. »Wir schließen noch nicht einmal die Türen ab. Mein Enkel Jonathan und der Sheriff haben es höchstens hin und wieder mit Falschparkern oder aufsässigen Waschbären zu tun. Und vor ein paar Jahren ist ein Althippie nackt auf seinem Fahrrad durch den Ort gefahren. Das stand sogar in der Zeitung.«

»Dabei war Nothing früher ein gefährlicher Ort«, mischte sich Brian ein, der das Gespräch vom Flur aus verfolgt hatte. »Vor 150 Jahren ging es hier noch hoch her. Die Siedler mussten sich gegen Banden verteidigen, die ihre Rinder und Pferde stehlen wollten. Außerdem reisten zwielichtige Gestalten durch das Land.«

»Und Goldsucher«, ergänzte Ashlyn.

»Ihr zwei wollt wohl unbedingt aufregende Geschichten erzählen!« Rosie schmunzelte. »Die Goldsucher haben hier doch gar nichts gefunden. In Nothing gibt es weder Gold noch Silber noch sonst etwas Wertvolles. Selbst unser Steinbruch wurde schon vor vielen Jahren stillgelegt.«

»Aber es gibt dort einen See …«, fing Ashlyn an.

»… in dem ihr nicht schwimmen dürft!«, beendete ihre Großmutter den Satz. »Das ist zu gefährlich.«

»Ja, leider«, grummelte Ashlyn. Als unten auf dem Hof Gebell erklang, zog sie den bunt getupften Vorhang beiseite und spähte aus dem Fenster. Man konnte von dem Zimmer aus weit über die Weiden und die Koppeln hinter dem Haus

sehen. »Oje, Old Buck hat gerade jemanden gestellt! Da unten steht ein verzweifelter Mann vor einem Laster!«
»Ach du meine Güte!« Rosemary Wrenwick sah mit einem Mal erschrocken aus. »Ich hatte ja Düngemittel bestellt. Das muss ich entgegennehmen. Und dann wird es auch höchste Zeit, die Brötchen in den Ofen zu schieben! Ihr Jungs habt nach der langen Reise doch bestimmt Hunger!« Sie eilte aus dem Zimmer. »In einer halben Stunde gibt es Abendessen.«
»So, Rosie ist beschäftigt. Zeit, über die wichtigen Dinge zu reden.« Brian schloss die Zimmertür. Dann wandte er sich den drei ??? zu. »Seid ihr mutig?«

Ein seltsamer Ort

»Wollt ihr etwa trotz Verbot in dem Steinbruch schwimmen gehen?«, fragte Justus ohne große Begeisterung.
»Viel besser«, verkündete Brian mit leuchtenden Augen. »Wir besuchen ein verlassenes Motel hier ganz in der Nähe!«
»Das *Limestone Motel* wurde Ende der 50er-Jahre geschlossen«, erklärte Ashlyn. »Genau wie der Steinbruch.«
Brian nickte. »Es war eine Absteige mit billigen Zimmern für Saisonarbeiter und ein paar besseren Räumen für Handelsvertreter.«
»Und warum muss man mutig sein, wenn man das Motel besichtigen will?«, wollte Peter wissen.
»Spukt es dort etwa?« Bob gab sich keine Mühe, den ironischen Unterton in seiner Stimme zu verbergen.
Ashlyn zuckte mit den Schultern. »Kann sein. Es ist jedenfalls ein seltsamer Ort. Die Gebäude wurden nie wieder genutzt. Aber in manchen Zimmern findet man noch Gegenstände von den Bewohnern damals. Sachen, die zurückgelassen wurden.«
»Wollen wir heute nach dem Abendessen hinfahren?«, fragte Brian. »Es ist nicht weit und in der Scheune stehen genug Fahrräder für uns alle.«
»Nein danke.« Justus gähnte. »Wir haben letzte Nacht im Zug kaum schlafen können. Und danach stand noch die lange Bustour an. Für heute habe ich genug gesehen. Meine Bedürfnisse reduzieren sich auf ein sättigendes Essen, eine Dusche und ein frisch bezogenes Bett.«

Die Geschwister sahen enttäuscht aus. Aber Justus ließ sich davon nicht beeindrucken. Und tatsächlich lagen die drei ??? bereits um neun Uhr in ihren Betten – nach einem leckeren Abendessen mit selbst gemachten Burgern, Kartoffelecken, Salat und gedecktem Apfelkuchen.
Während Justus und Bob ohne Probleme sofort einschliefen, lag Peter noch wach. Er schaute an die Zimmerdecke, wo die letzten Strahlen der Abendsonne rötliche Muster hinterließen. Dabei dachte er an Priscilla Sicktree und ihre Vorhersagen. »Ein Knall, der die Stille teilt. Blutstropfen auf weißem Stein, eine Botschaft aus der Vergangenheit und alte Worte, die Gefahren mit sich bringen.«
Den Knall hatte es bereits gegeben. Auch wenn es nur die Fehlzündung des Pick-ups gewesen war. Konnte es sein, dass Priscilla wirklich in die Zukunft sehen konnte? Würde dann auch der Rest eintreten? Inklusive der Gefahr, von der Priscilla gesprochen hatte, und des Schattens, der sich an ihre Fersen heften würde?

Der nächste Tag startete mit einem Frühstück auf der Veranda. Rosies ältester Sohn Walther und zwei Helfer waren auch mit von der Partie. Im Gegensatz zu seiner schlanken Mutter war Walther Wrenwick gebaut wie ein Grizzly-Bär – riesig, schwer und breitschultrig. Passend dazu waren seine kräftigen Arme dicht mit rötlich braunen Haaren bewachsen. Er hatte ein gutmütiges, rundes Gesicht voller Sommersprossen, das ihn jünger wirken ließ, als er war. Die beiden Farmarbeiter waren ebenso muskulös, dunkelhaarig und hatten wettergegerbte Haut. Sie redeten nicht viel.

Nachdem alle satt waren, begann der Arbeitstag auf der Farm. Brian, Ashlyn und die drei ??? packten den ganzen Vormittag mit an. Peter führte eine gründliche Inspektion bei dem alten Pick-up durch. Das Problem lag tatsächlich bei den Zündkerzen. Die Elektroden waren verschlissen. Sie mussten dringend ausgewechselt werden. Zum Glück kannte sich der Zweite Detektiv mit solchen Arbeiten gut aus.
Justus und Bob hackten unterdessen Holz, die Hühner warteten auf ihr Futter und an einer kleinen Koppel hinter der Scheune war der Zaun kaputt. Mittags brachte ihnen Rosie belegte Brote und selbst gemachte Limonade.
Der Bernhardiner Old Buck sah ihnen bei all ihren Tätigkeiten zu und ließ sie entspannt gewähren. Anscheinend hatte er sich daran gewöhnt, dass nun auch die drei Jungen aus Rocky Beach auf der Farm wohnten. Mit Peter schloss er bis zum späten Nachmittag sogar so etwas wie eine vorsichtige Freundschaft.
Der Tag verging wie im Flug. Und abends tat ihnen jeder Knochen im Leib weh. Außerdem hatten ihnen die Insekten zugesetzt. Keiner von ihnen hatte mehr an das verlassene Motel gedacht, doch gerade als sie es sich nach dem Abendessen auf der Veranda gemütlich machen wollten, drängten Brian und Ashlyn zum Aufbruch. Rosie erklärten sie, dass sie noch einen kleinen Ausflug mit den Fahrrädern machen wollten. Ihre Tante fragte nicht weiter nach. Sie war gerade damit beschäftigt, die Blumen in ihrer Küche zu gießen, und wollte anschließend ihr Lieblingsprogramm im Fernsehen anschauen, eine Sendung über Traktoren.
In der Scheune standen neben einem kaputten Pflug und

einem alten Geländewagen auch viele Fahrräder. Einige hatten nur noch einen Reifen, herunterhängende Ketten oder zerbrochene Lampen, aber schließlich fanden sie jeder ein passendes Rad. Nebeneinander fuhren sie über einen Feldweg in Richtung Steinbruch. Dabei erzählte Brian ununterbrochen von all den Dingen, die er über das Motel wusste. Peter konnte dem nicht viel abgewinnen, aber Bob und Justus hörten aufmerksam zu.

»1957 gab es hier in der Gegend ein ungewöhnlich starkes Erdbeben«, erklärte Brian und kam beim Fahren und Reden schnell außer Atem. »Mitten in der Nacht sackten alte Stollen ein, die man in den Steinbruch gehauen hatte. In der Grube entstand ein Sinkloch. Außerdem brach ein Teil des Motels zusammen. Wie durch ein Wunder wurde niemand ernsthaft verletzt. Lange Zeit galt das Motel als einsturzgefährdet. Deshalb blieben auch all die persönlichen Gegenstände auf den Zimmern liegen.«

»Und die hat nie jemand eingesammelt?«, hakte Bob verwundert nach.

»Nur die wertvollen Dinge«, antwortete Brian. »Der Steinbruch wurde geschlossen, die Arbeiter zogen weiter. Und niemand interessierte sich später noch für ein paar Fotos, Zeitungen, Socken oder halb leere Zigarettenschachteln.«

»Ihr jetzt aber schon«, warf Justus ein.

»Wie gesagt, es ist ein seltsamer Ort«, meinte Ashlyn. »Das werdet ihr gleich merken.«

Wenig später gelangten sie aber zunächst an den Rand des Steinbruchs. Es gab einen morschen Zaun, der ein paar Meter vor der Abbruchkante errichtet worden war. Durch ein

Tor konnte man auf das Gelände gelangen. Am Boden vor der Einfahrt lag ein verrostetes Schild mit der Aufschrift »Nothing Stone Pit«.

Die drei ??? stiegen von ihren Rädern und schoben sie bis an den Zaun, um besser sehen zu können. Der Steinbruch entpuppte sich als ein ovaler Kessel mit schroffen Felswänden aus Kalkstein. Eine Schotterstraße führte an der rechten Seite hinab. Hier waren früher die Lastwagen auf das Gelände gefahren, doch jetzt wurde der Weg durch die Überreste eines umgestürzten Krans versperrt. Der Boden der Grube bestand, soweit man vom Zaun aus sehen konnte, aus groben Steinquadern, Geröll und verrostetem Schrott. Im hinteren Teil senkte er sich steil ab und mündete in einen See. Das Wasser war glatt und türkis. Nur in der Mitte, dort, wo sich seit dem Erdbeben das Sinkloch befand, färbte es sich zu einem geheimnisvollen Dunkelblau.

»Dieses Blau ist geradezu unnatürlich«, fand Bob.

»Keineswegs«, widersprach Justus. »Wenn du im letzten Halbjahr etwas besser in Physik aufgepasst hättest, wüsstest du, dass es sich hier um eine bestimmte Form der Lichtstreuung handelt. Die Kalkpartikel im Wasser sorgen für –«

»Das kannst du doch später erklären«, unterbrach ihn Ashlyn. »Wir sollten jetzt wirklich zum Motel fahren.«

Justus warf ihr einen ungehaltenen Blick zu. »Ich habe es nicht eilig. Dieser Steinbruch ist ein interessanter Ort.«

»Es ist vor allen Dingen ein gefährlicher Ort«, sagte Brian. Er deutete auf die Warnschilder, die entlang dem Zaun aufgestellt waren. Darauf wurde vor Steinschlag gewarnt. Außerdem waren Schwimmen und Tauchen streng verboten.

»Das Sinkloch ist mit einem Höhlensystem verbunden«, erklärte Brian. »Dadurch entstehen Strudel, die einen in die Tiefe reißen können.«
»Kommt ihr jetzt?«, fragte Ashlyn ungeduldig. »Die Sonne geht bald unter!«
»Ja, gleich.« Peter stieg auf sein Rad, ließ aber noch einmal den Blick schweifen. Zu seiner Rechten erstreckte sich das flache Grasland, das für die Gegend typisch war. Ein paar einsame Häuser zeichneten sich vor dem Horizont ab, sonst gab es nur Weiden, so weit das Auge blicken konnte. Zur Linken ging die Wand des Steinbruchs in ein felsiges Gelände über, das mit Kiefern und trockenem Buschwerk bewachsen war. Auf dieser Seite gab es auch lang gezogene Absätze im Stein. Wie schmale Terrassen lagen sie über dem Abgrund – gerade so breit, dass ein Mensch auf ihnen entlanggehen konnte. Peter entdeckte auch ein paar dunkle Öffnungen im Gestein. »Sind das Minen?«
»Nein«, antwortete Brian. »Das sind Felsspalten und kleine Höhlen, die bei den Arbeiten im Steinbruch und später auch durch das Erdbeben freigelegt wurden.«
Ashlyn schaute auf ihre Uhr. »Wir sollen bis zehn wieder bei der Farm sein. Den Steinbruch können wir uns auch an einem anderen Tag noch angucken.«
»Man könnte meinen, du hättest Angst vor dem Ort!«, stellte Justus fest.
»Ich habe keine Angst!«, gab Ashlyn entrüstet zurück. »Ich finde es hier nur nicht gerade spannend. Warte nur, bis du das Motel siehst. Das ist wirklich unheimlich!«
Die kleine Gruppe schlug den Weg durch die weite Gras-

landschaft ein. Die einsamen Gebäude des Motels konnte man bereits vom Steinbruch aus erkennen. Es gab ein mehrstöckiges Haupthaus, das allerdings zu einem Großteil eingestürzt war. Daneben standen ein deutlich besser erhaltener Anbau und zwei Reihen Bungalows. Die Westseiten waren in ein unwirkliches, rotes Licht getaucht. Je näher sie kamen, desto offensichtlicher wurde der Verfall der Gebäude. Die Farbe blätterte in grauen Placken ab und in den heruntergekommenen Außenwänden befanden sich schwarze Fensteröffnungen mit Resten von zerbrochenem Glas. Brombeersträucher wucherten über ehemaligen Wegen, Parkplätzen und Terrassen. Türen hingen schief in den Angeln, zerschlissene Vorhänge wehten im leichten Abendwind. Um das gesamte Areal war ein Bauzaun aus Metall aufgebaut. Ein Schild verkündete: »Betreten verboten!« Allerdings gab es im Zaun eine Pforte, die sich öffnen ließ.

»Hier ist wohl überall das Betreten verboten.« Bob grinste.

»Nur an den spannenden Orten«, gab Ashlyn zurück.

»Ach, ich dachte, du findest den Steinbruch langweilig«, meinte Justus.

Ashlyn schüttelte den Kopf. »Ich habe nur gesagt, dass das Motel unheimlicher ist!«

»Wart ihr schon oft hier?«, wollte Peter wissen.

»Früher haben wir uns nicht getraut«, gab Brian zu. »Außerdem war der Zaun besser abgesichert.«

»Diesen Sommer wollten wir uns aber endlich mal umsehen«, sagte Ashlyn. Ihre Augen leuchteten. »Im Anbau waren wir schon. Da haben die Jugendlichen aus Nothing jahrelang heimlich Partys gefeiert. Die Wände sind voller Graffiti und es liegt überall Müll herum. Aber die Räume in den Bungalows sind noch recht gut erhalten. So, wie sie in den 50er-Jahren verlassen wurden. Die wollen wir noch genauer untersuchen.«

»Wenn ihr meint.« Justus hatte schon spannendere Dinge erlebt. Andererseits war das hier besser als ein Fernsehabend mit Reportagen über Landmaschinen. Bob und Peter schienen sogar Gefallen an dem Ausflug zu haben. Also traten sie einer nach dem anderen durch die Pforte auf das Gelände und sahen sich bei dem vorderen Bungalow um. Brian blieb vor den Türen stehen, die von einer überdachten Veranda aus zu den einzelnen Apartments führten. »Wie wär's, wenn wir uns aufteilen?«

Niemand hatte etwas dagegen und sie bildeten zwei Gruppen. Justus, Brian und Bob traten an der herausgebrochenen Tür vorbei ins Dunkel von Zimmer Nummer acht, während Peter und Ashlyn zögerlich über ein paar vermoderte Bretter durch den Nachbareingang kletterten.

»Gut, dass wir an Taschenlampen gedacht haben!« Peter ließ den Lichtkegel über den staubigen Boden gleiten. Ein paar Spinnen traten eilig die Flucht an.

»Ich schaue mal ins Bad«, verkündete Ashlyn. Schon war sie durch eine Tür verschwunden. Der Zweite Detektiv blieb allein zurück. Er seufzte. Dieses Motel war tatsächlich seltsam. Nicht wirklich Furcht einflößend, aber doch so, dass man sich unbehaglich fühlte. Es kam ihm beinahe vor, als wären die ehemaligen Gäste noch immer hier und beobachten ihn. Die Dunkelheit und der muffige Geruch verstärkten dieses Gefühl noch. Peter wollte sich gerade das Bild anse-

hen, das neben dem Bett von der Wand gefallen war, als Ashlyn im Badezimmer aufschrie.
Justus, Bob und Brian hörten den Schrei durch die Wand.
»Ashlyn!«, rief Brian. Er ließ die Schublade fallen, die er gerade durchsucht hatte. Schon war er bei der Tür. Justus und Bob folgten ihm eilig ins Nachbarapartment.
»Was ist passiert?«
»Ist jemand verletzt?«
»Ja, also –« Peter stand in der Tür zum Badezimmer. Soweit man es im Licht der Taschenlampen sehen konnte, war er kreidebleich.
»Nun sag schon!« Ungeduldig schob sich Brian an dem Zweiten Detektiv vorbei und verschwand im Badezimmer, einem sehr kleinen Raum mit dreckig-weißen Kacheln. Der Duschvorhang war halb heruntergerissen. Ein umgekippter Badezimmerschrank lag über dem Waschbecken.
»Kann mich mal jemand informieren, was passiert ist?« Justus zwängte sich ebenfalls an Peter vorbei. Jetzt konnte er einen Blick auf Ashlyn erhaschen. Sie hatte einen langen Kratzer am Arm, aus dem Blut auf den Boden tropfte.
»Es ist nicht so schlimm«, brachte das Mädchen tapfer hervor. »Ich wollte den Schrank aufklappen und bin irgendwo an einem vorstehenden Nagel hängen geblieben.«
»Du solltest die Wunde besser schnell desinfizieren«, schlug Justus vor. »Nicht, dass sie sich entzündet.« Er drehte sich zu Peter um, der noch immer wie angewurzelt dastand und auf den Boden starrte. »Du kannst dich entspannen. Es ist wirklich nicht schlimm.«
Der Zweite Detektiv hob wie in Zeitlupe den Arm mit der

Taschenlampe. Dann deutete er auf die kleinen, dunklen Flecken auf den weißen Fliesen. »Blut.«

»Nur ein paar Tropfen.« Justus winkte ab.

»Es geht mir gut!«, bestätigte Ashlyn. »Ich brauche nur ein Pflaster!«

Ihr Bruder reichte ihr ein Taschentuch. »Das muss reichen. Die Wunde hat ja sogar schon aufgehört zu bluten.«

»Es geht mir wirklich gut«, wiederholte Ashlyn mit Nachdruck, als der Zweite Detektiv noch immer angespannt auf den Boden starrte.

»Das ist es nicht«, gab Peter leise zurück. Dann murmelte er: »Ein Knall, der die Stille teilt. Blutstropfen auf weißem Stein. Es passiert tatsächlich!«

Botschaft aus der Vergangenheit

Brian sah Peter fragend an. »*Was* passiert tatsächlich?«
»Diese Priscilla Sicktree aus dem Eiscafé hat eine Prophezeiung gemacht«, erklärte der Zweite Detektiv tonlos.
Bob runzelte die Stirn. »Das ist doch bestimmt ein Zufall.«
»Vermutlich.« Brian rückte seine Brille zurecht. »Wir hätten uns auch bei der Arbeit auf dem Hof verletzen können. Wenn man draußen unterwegs ist, gibt es eben auch mal Kratzer.«
»Oder sie kann wirklich in die Zukunft sehen und wir finden eine Botschaft aus der Vergangenheit«, wandte Peter ein.
»Priscilla wurde in der Nacht geboren, als das Erdbeben kam«, sagte Ashlyn. Sie presste das nicht ganz saubere Stofftaschentuch ihres Bruders auf den Kratzer. »Sie hat einen besonderen Draht zu diesem Motel und dem Steinbruch.«
»Ich weiß nicht.« Brian sah unschlüssig aus. »Die Leute aus dem Dorf glauben vielleicht an solche Dinge … aber ich halte es dann doch lieber wie Bob und glaube an Zufälle.«
»Ich bin trotzdem dafür, das Zimmer gründlich zu untersuchen.« Ashlyn sah ihren Bruder an. »Deswegen sind wir doch überhaupt hergekommen.«
»Und deine Wunde?«
»Die tut fast nicht mehr weh.«
Zimmer Nummer sieben war eine echte Fundgrube. Der letzte Bewohner hatte erstaunlich viel zurückgelassen. Natürlich gab es kein Geld oder andere wertvolle Gegenstände, aber auf dem Boden lagen eine stark vergilbte Zeitung, ein

Trinkbecher aus Blech und ein Löffel, im Schrank fanden sie die mottenzerfressenen Überreste von Socken, eine Schirmmütze, T-Shirts und eine Arbeitshose.

Brian und Ashley waren voll in ihrem Element. Die Suche machte ihnen offensichtlich viel Spaß. Für die drei ??? hingegen war die Inspektion von verlassenen, aber ansonsten unverdächtigen Häusern zu wenig herausfordernd. Justus ertappte sich dabei, dass er sehnsüchtig an einen heißen Kakao mit Marshmallows dachte. Der Tag war lang gewesen. Er wollte nur zu gern auf seiner Liege die Beine hochlegen, die neuste Ausgabe von *Wissenschaft aktuell* aufschlagen und sich entspannen. Das hatte er sich verdient. Doch zuvor musste er diese sinnlose Suche im Zwielicht über sich ergehen lassen. Mittlerweile bereute er es sogar, den Fernsehabend ausgeschlagen zu haben. Er ließ sich auf einen Stuhl fallen, der neben einem relativ gut erhaltenen Tisch stand. Schon beim Hinsetzen bemerkte Justus, dass das ein Fehler war. Der Stuhl war alt und instabil und der Erste Detektiv ziemlich kräftig gebaut. »Muskulös«, wie er selbst zu sagen pflegte. Freundliche Zeitgenossen bezeichneten ihn schon mal als »untersetzt«, wenn sie das Wort »pummelig« nicht in den Mund nehmen wollten. Aber egal ob nun »muskulös« oder »pummelig« – der Stuhl war nicht mehr für einen Jungen von Justus' Gewicht geeignet. Besonders dann nicht, wenn dieser mit Schwung auf der Sitzfläche landete. Die Stuhlbeine ächzten und knarrten. Man hörte das Splittern von Holz. Dann gab das altersschwache, vom Holzwurm zerfressene Möbelstück komplett nach und zerbrach in seine Einzelteile. Justus landete höchst unsanft auf dem Boden. Staub wirbelte auf. Er nieste.

»Gesundheit!«, rief Brian. Er unterdrückte ein Lachen. Ausgerechnet Ashlyn bot dem Ersten Detektiv ihre Hilfe an. Dabei war sie gut einen Kopf kleiner und bestimmt fast um die Hälfte leichter als er. Sie hielt ihm die rechte Hand hin. Doch Justus war bereits dabei, sich wieder aufzurappeln. Verlegen klopfte er sich seine Hose ab.
Ashlyn leuchtete auf den kaputten Stuhl. »Zum Glück müssen wir den nicht ersetzen.«
Sie wollte sich gerade abwenden, als Bob einen Schritt vorwärts machte. »Warte!«
»Was ist?« Ashlyn fuhr herum.
Bob hob seine Taschenlampe an. Der Lichtkegel erfasste die Stuhlbeine, die abgesplitterte Lehne und die Sitzfläche, die aus dem Rahmen gefallen war. Man konnte ein zerschlissenes Polster erkennen, das zu seinen besten Zeiten vermutlich einmal rot gewesen war.
»Da ist etwas!« Der dritte Detektiv bückte sich. »Papier! Es muss unter dem Polster eingeklemmt gewesen sein.«
»Zeig mal.« Justus beugte sich vor. »Das ist ein Brief.«
»Eine Botschaft!«, entfuhr es Peter. »Natürlich. Die Botschaft aus der Vergangenheit!«
Brian lachte trocken auf.
Justus hingegen runzelte die Stirn. »Vergangenheit trifft auf jeden Fall zu. Der Brief ist von 1957.«
Plötzlich ließ ein Rascheln sie alle herumfahren.
»Ist da draußen jemand?«, flüsterte Peter angespannt.
»Es gibt hier Waschbären«, erklärte Brian leise.
Justus nickte. »Es könnten auch Ratten sein.«
»Oder Geister«, raunte Ashlyn. Plötzlich wirkte sie nicht

mehr so abenteuerlustig. »Wollen wir nach Hause fahren? Den Brief können wir ja einfach mitnehmen. Außerdem wartet Oma bestimmt auf uns. Es ist gleich zehn Uhr!«
»Aber wir haben gerade erst angefangen«, sagte ihr Bruder enttäuscht. Doch Ashlyn sah ihn so bittend an, dass er seufzend nachgab. Die drei ??? wurden gar nicht erst nach ihrer Meinung gefragt. Gemeinsam traten sie hinter den Geschwistern aus dem Motel in den warmen Sommerabend. Die Sonne war inzwischen untergegangen. Grillen zirpten in den trockenen Gräsern und der leichte Wind vom Nachmittag hatte sich komplett gelegt. Irgendwo raschelte es erneut. Es klang so, als würde ein kleines Tier eilig davonlaufen. Peter glaubte, das Geräusch kleiner Pfoten auf Stein und dann auf Grasboden zu hören.
Bob saß bereits auf seinem Fahrrad. Er war mit den Gedanken ganz woanders. Nämlich bei dem Brief. Bei den drei ??? war er für Recherche und Archiv zuständig. Außerdem kümmerte er sich um die Aufbewahrung von Beweismitteln und anderen Fundstücken. Auch dieses Mal war er es gewesen, der den Brief sorgfältig eingesteckt hatte. Vorher hatte er zumindest noch ein paar Zeilen überfliegen können. Ein Gefühl von Vorfreude machte sich in ihm breit. Wenn er richtiglag, handelte es sich nicht einfach um einen normalen Brief, sondern – um den Hinweis auf einen Schatz!

Ashlyn zündete auf der Veranda die Windlichter an, während Bob sich sofort an den Tisch setzte und den Brief auspackte. Seine Großtante Rosie war gleich nach der Rückkehr ihrer Gäste ins Bett gegangen, da sie jeden Morgen schon um fünf Uhr aufstand. Sie hatte ihnen allerdings noch einen großen Krug Kakao gemacht. Davon schenkte sich nicht nur Justus großzügig ein.

»Es ist bestimmt ein Liebesbrief«, meinte Ashlyn, als sie sich zu den Jungen setzte.

»Das wäre doch total langweilig«, entgegnete Brian.

»Lies endlich vor, Bob«, mischte sich Peter ein.

Bob zuckte die Achseln. »Wenn ihr mich lasst.«

»Wir sind ja schon leise.«

Bob nahm den Brief in beide Hände. Dann begann er.

Nothing, 24. Juli 1957

Liebe Loretta,

bitte entschuldige, dass ich so lange nicht geschrieben habe. Die Arbeit hier in Nothing ist hart und ich habe in den letzten Wochen freiwillig mehrere Doppelschichten angenommen. Die Leute vom Steinbruch bezahlen gut. Vielleicht werden wir uns nach meiner Heimkehr endlich ein kleines Haus leisten können. Wenn ich dann noch im Geschäft von Onkel George eine feste Anstellung bekomme, müsste es reichen. Allerdings nicht für das gelbe Haus Deiner Träume. Das mit der Veranda und dem Springbrunnen. Dafür müsste ich einen Schatz finden. Jetzt lachst Du vielleicht. Aber es könnte sein, dass ich wirklich einer großen Sache auf der Spur bin. Ich habe bislang niemandem davon erzählt. Es könnte nämlich um viel Geld oder Gold oder Edelsteine gehen. Jetzt lachst Du ganz sicher. Du denkst, ich habe etwas getrunken. Aber das stimmt nicht. Ich bin stocknüchtern und sehe auf die Überreste eines alten Tagebuches.

Wenn ich mehr Zeit habe und nicht so schrecklich müde bin, werde ich Dir erzählen, wie ich es gefunden habe. Ich werde Dir von einem Mann namens Thomas Greenhow berichten und davon, wie er im Jahr 1865 hier in Nothing einen Schatz versteckte. Er muss ein verdammt schlauer Bursche gewesen sein. Den Weg dorthin hat er so beschrieben, dass ein einfacher Mann ihn nicht verstehen kann. Liebe Loretta, ich werde noch viel nachdenken müssen, bevor ich auch nur in die Nähe des Schatzes komme. Bis dahin verstecke ich das Tagebuch im Spülkasten der Toilette. Aber die seltsamen Hinweise habe ich für Dich abgeschrieben. Du warst doch immer recht gut in der Schule. Vielleicht hast Du eine Idee, wovon dieser Greenhow schreibt. Dann gib mir ganz schnell Bescheid. Aber so, dass keiner etwas davon erfährt. Ich werde jetzt ins Bett gehen. Mein Rücken schmerzt. Morgen geht es wieder früh in den Steinbruch.

Ich liebe Dich!
Dein Jim

»Doch ein Liebesbrief«, sagte Ashlyn triumphierend.
»Hast du Tomaten auf den Ohren, Schwesterherz?«, rief Brian. Er saß kerzengerade auf seinem Stuhl. »Das ist doch kein Liebesbrief!«
»Doch«, gab Ashlyn patzig zurück.
»Es gibt noch eine zweite Seite«, unterbrach Bob die streitenden Geschwister. »Darauf hat Jim einige Sätze notiert.«
»Garantiert die Hinweise auf den Schatz!« Peter beugte sich gespannt vor. »Ich frage mich nur, warum solche Botschaften immer so verflixt rätselhaft sein müssen. Kann nicht mal

jemand einen Schatz verstecken und ein vernünftiges Schreiben hinterlassen? So nach dem Motto: ›*Mein Schatz liegt in einer braunen Kiste. Ich habe sie einen Meter und 25 Zentimeter tief unter der einzigen Eiche im Garten vergraben und als Zeichen einen dreieckigen Stein auf den Boden gelegt.*‹ Das wäre doch mal ein Hinweis, mit dem man etwas anfangen kann.«

Brian schnaubte belustigt. »Dann müsste man den Schatz doch gar nicht erst vergraben.«

»Genau«, stimmte ihm Ashlyn zu. »Man könnte dann auch gleich ein Schild mit einem Pfeil aufstellen.«

»Jemand, der etwas versteckt, will schließlich, dass es nicht so leicht gefunden wird«, ergänzte Brian. »Zumindest nicht von den falschen Leuten.«

»Dem stimme ich zu«, bemerkte Justus. »Oft ergibt die verschlüsselte Botschaft für einen bestimmten Empfänger durchaus einen Sinn. Zum Beispiel, weil Absender und Empfänger ein gemeinsames Wissen teilen.«

»Schon gut«, brummte Peter. Dann wandte er sich an Bob. »Was für Sätze hat dieser Mann aus dem Steinbruch denn notiert?«

»Warte.« Bob nahm sich die zweite Seite des Briefs vor. Da stand:

Alles beginnt im Nichts.
Folge dem Vieh. Es führt dich zu dem Ort, an dem Hamlets Geliebte nicht sterben kann.
Dort schaue der Ankunft von Zephyr entgegen.
Ein beschwerlicher Pfad bringt dich auf neue Ebenen.

Halte inne und gedenke all jener, die im Jenseits warten. Lang lebe die Königin! Grüße den Hüter ihres fleißigen Volkes, aber lasse ihn zurück.
Die Geschwister Pinus und Ponderosa bilden das Tor zum krummen Pfad. Folge ihm und suche Schutz! Ein Feuer in der Dunkelheit führt dich zu AUßerordentlichem Reichtum.

Peter stöhnte auf. »Geht es noch komplizierter? Kein Wunder, dass dieser Jim ein Brett vor dem Kopf hatte. Wobei …«
Er hielt mitten im Satz inne. Dann machte sich ein Grinsen auf seinem Gesicht breit. »Vielleicht ist es gar nicht so kompliziert! Ich glaube, ich habe den ersten Teil des Rätsels schon gelöst!«
»Wirklich?« Ashlyn sah ihn neugierig an.
»Ja«, fing Peter an. Ein merkwürdiges Brummen ließ ihn jedoch erschrocken herumfahren. »Was war das?«
Brian lachte angespannt. »Nur eine große Motte, die gegen das Insektengitter geflogen ist.«
Jetzt konnte auch Peter das Tier sehen, das mit nervös flatternden Flügeln erneut versuchte, ans Licht zu gelangen.
»Die Motte ist doch uninteressant«, kam es ungeduldig von Ashlyn. »Nun sag schon, was du herausgefunden hast, Peter!«
»Es ist relativ einfach«, meldete sich Justus zu Wort. »Der erste Satz –«
»Halt!«, rief Peter. »Du kannst meinetwegen den ganzen Rest auflösen, aber zuerst bin ich dran!«
Der Erste Detektiv zog eine Augenbraue hoch, ließ seinen Freund dann aber tatsächlich weiterreden.
»*Alles beginnt im Nichts* heißt natürlich, dass man in Nothing

losgehen muss«, folgerte Peter. »Und der Satz danach hat sicher etwas mit Kühen zu tun.«
»Das könnte sein!«, stimmte ihm Bob zu. »Die Siedler haben vielleicht ihr Vieh auf einem bestimmten Weg auf die Weiden oder zu einem Wasserloch gebracht.«
»Aber woher sollen wir wissen, wo das Vieh früher langgetrieben wurde?«, fragte Brian. »Inzwischen gibt es hier doch ganz andere Straßen und Landwirtschaftswege.«
»Und was hat es mit dem Hamlet-Ort und der Geliebten auf sich?«, fragte Ashlyn.
Brian rückte aufgeregt seine Brille zurecht. »*Hamlet* ist ein Theaterstück von Shakespeare. Aber das ist schon uralt.«
»Er lebte von 1564 bis 1616 in England«, bestätigte Justus, zufrieden, wieder einmal mit seinem Allgemeinwissen glänzen zu können. »Sein Drama *Hamlet* spielt allerdings in Dänemark.«
»Dieser Thomas Greenhow war anscheinend ein gebildeter Mann«, überlegte Bob. »Wir sollten versuchen, mehr über ihn herauszufinden. So erfahren wir möglicherweise auch etwas über seinen Schatz.«
»Stimmt«, gab Peter zu. »Vielleicht war Greenhow ein gesuchter Bankräuber oder ein Juwelendieb!«
»Oder ein Erpresser!«, rief Ashlyn.
»Oder einfach sehr reich.«
»Er könnte irgendwo Gold gefunden haben, das er anschließend hier versteckt hat«, warf Bob ein. »Vielleicht in Kalifornien.«
»Das würde mit dem letzten Satz zusammenpassen«, meldete sich nun Justus wieder zu Wort. »Thomas Greenhow macht

sonst keine Rechtschreibfehler, beginnt aber das Adjektiv ›außerordentlich‹ mit einem großen A und setzt noch ein großes U hinterher. Ich gehe davon aus, dass diese Buchstaben daher von besonderer Bedeutung sind.«

»AU?«, fragte Brian zweifelnd.

»Was hat das mit einem Goldsucher in Kalifornien zu tun?«, schob Peter nach.

»Auf Kalifornien verweist es nicht. Aber denkt an den Chemieunterricht und das Periodensystem der Elemente«, sagte Justus. »Der Ordnungszahl 79 ist das Symbol Au zugeordnet. Es ist die Abkürzung für Aurum.«

Brian riss die Augen auf. »Aurum heißt Gold!«

»Aber natürlich!«, entfuhr es Bob. »Dann geht es vermutlich wirklich um einen Goldschatz!«

Justus stellte seinen leeren Kakaobecher auf dem Tisch ab. »Wir sollten morgen früh zum Motel fahren und das Tagebuch sicherstellen. Es ist anzunehmen, dass es sich noch immer im Spülkasten der Toilette befindet.« Er wandte sich an Bob. »Deine Aufgabe wird es sein, Recherchen zu den hiesigen Bauern um 1865 zu betreiben. Über welche Wege trieben sie ihr Vieh, wo lagen die Weiden, wo waren die Wasserstellen. Außerdem möchte ich wissen, ob es Informationen über diesen Greenhow gibt.«

»Und was ist mit *Hamlet*?«, wollte Ashlyn wissen.

Der Erste Detektiv lächelte wissend. »Ich denke, das kann ich euch erklären, wenn wir an Ort und Stelle sind.«

»Typisch Just!«, sagte Peter verdrossen. »Bevor er sich nicht zu hundert Prozent sicher ist, behält er alles für sich. Aber er kann es nicht lassen, Andeutungen zu machen.«

Planänderungen

»Wir brauchen hier auch eine Zentrale!«, erklärte Ashlyn am nächsten Morgen beim Frühstück. Seit der Ankunft von Justus, Peter und Bob hatte sie die Jungen ausgiebig nach deren Fällen ausgefragt. Natürlich auch nach dem alten Campinganhänger, in dem die Jungen ihr Geheimversteck hatten. Die »Zentrale« der drei ??? lag – vor neugierigen Blicken unter Gerümpel verborgen – auf dem Schrottplatz von Justus' Onkel Titus in Rocky Beach und war wie ein echtes Detektivbüro eingerichtet.

»Nicht so laut!«, mahnte ihr Bruder leise. »Oma Rosie soll von der Schatzsuche nichts mitbekommen! Wir haben doch abgemacht, dass das unter uns bleibt!«

»Du sagst es«, gab Ashlyn patzig zurück. »Und deswegen brauchen wir unbedingt eine Zentrale, in der wir ungestört sprechen können.«

»Schon gut. Über dem Schuppen ist ein Speicher«, meinte Brian. »Dort lagert Rosie alte Möbel und unnützen Kram. Einen Schreibtisch und ein paar Stühle müsste es dort auf jeden Fall geben.«

»Schön«, sagte Justus ungeduldig. Er hatte sein Frühstück bereits vertilgt. »Jetzt sollten wir aber die Priorität darauf legen, das Tagebuch sicherzustellen. Ich schlage vor, dass Peter und Brian gleich losfahren, während Bob eine geeignete Recherchequelle sucht.«

»Wird gemacht, Erster!« Bob stand auf. »Gibt es hier in Nothing eine Bibliothek?«

Rosie betrat die Veranda. Ihr Anblick jagte den drei ??? einen gehörigen Schrecken ein. Über ihren Arbeitssachen trug Bobs Großtante eine blutbeschmierte Schürze. Ihre Hände steckten in Gummihandschuhen, die ebenfalls rot bespritzt waren. In der rechten Hand hielt sie ein kleines Beil. Als sie Peters aufgerissene Augen und Justus' starren Blick bemerkte, erklärte sie rasch: »Ich habe gerade Rindfleisch zerlegt. Beste Qualität aus eigener Zucht! Das wird euch schmecken.«
Bob schluckte. Aber so lief es eben auf einer Rinderfarm.
»Die arme Kuh!«, meinte Peter.
Ausgerechnet Ashlyn sah ihn belehrend an. »Fleisch wächst eben nicht im Supermarkt. Bevor es verarbeitet wird, hat es vier Beine und läuft durch die Gegend.«
»Es gibt ein kleines Kulturzentrum mit einer Leihbücherei«, wechselte Rosie das Thema. Anscheinend hatte sie Bobs letzte Frage mitbekommen. »Allerdings ist das Angebot eher klein und auf ältere Leser ausgerichtet. Wenn du ein spannendes Buch suchst, frag lieber Jonathan. Der kommt heute Mittag zum Essen vorbei. Mein ältester Enkel hat in eurem Alter ohne Ende Abenteuerromane, Weltraumgeschichten und Krimis verschlungen. Davon leiht er dir bestimmt welche aus.« Dann sah sie Brian und Ashlyn an. »Aber ihr seid doch auch solche Leseratten! Habt ihr nicht ein schönes Buch für Bob?«
Brian grinste. »Bob interessiert sich bestimmt nicht für Ashlyns verliebte Vampire und gut aussehende Geisterjungs.«
Seine Schwester warf eine Serviette nach ihm. »So etwas lese ich gar nicht, sondern richtige Fantasy! Außerdem kann ja nicht jeder so langweiligen, verstaubten Kram lesen wie du.«

»Ich suche eigentlich nach Informationen über Nothing«, unterbrach Bob das Geplänkel der Geschwister. »Ich muss für die Schule einen Aufsatz über meine Sommerferien schreiben. Da möchte ich auch etwas Hintergrundwissen einfließen lassen.«

»Dann solltest du in unser kleines Museum in der White Street gehen«, schlug Rosie vor. »Dort müsstest du reichlich Material finden.«

»Prima, danke!« Bob nahm seinen Teller und seine Tasse, um beides in die Küche zu bringen.

»Heute ist allerdings Mittwoch«, sagte Rosie. »Da ist das Museum geschlossen.«

»Echt?« Ashlyn sah ihre Großmutter eine Spur zu enttäuscht an. Aber die schien nichts zu bemerken.

»Ihr könnt doch morgen hinfahren«, sagte Rosie. »Außerdem brauche ich heute eure Hilfe auf dem Hof! Ich muss schnell das Fleisch in Marinade einlegen und mich dann umziehen. Der Vertreter für Futtermittel kommt nachher. Walther und ich werden daher den Vormittag über beschäftigt sein. Gegen Mittag kommt dann auch noch Jonathan mit seinem Chef zum Essen vorbei.«

Brian machte ein unzufriedenes Gesicht. »Wollten wir nicht erst übermorgen grillen?«

»Im Regen?«, fragte Rosie. »Der landwirtschaftliche Wetterdienst hat ein Gewitter angekündigt. Umso wichtiger, dass wir ein paar Sachen erledigen, solange das Sommerhoch anhält. Nach dem Mittagessen könnt ihr dann meinetwegen etwas unternehmen.«

»Ich könnte trotzdem das Tagebuch holen!«, sagte Brian, als sie in ihren Arbeitssachen draußen auf dem Hof standen. »Rosie will, dass ich die Zäune an der hinteren Weide überprüfe. Von dort aus ist es nicht weit zum Motel.«
»Das ist eine gute Idee!«, lobte Justus. »So verlieren wir wenigstens nicht ganz so viel Zeit.« Er war sichtlich unzufrieden mit der Situation. Da gab es nun ganz unerwartet ein Rätsel zu lösen, das seine grauen Zellen herausforderte. Aber statt darüber nachzudenken, musste er den Hof fegen, Kartoffeln schälen und dann auch noch Strohballen stapeln. Bob und Peter hatten ebenfalls gut zu tun. Sie gossen die Pflanzen in dem kleinen Gemüsegarten hinter dem Haus, reparierten ein kaputtes Fliegenfenster und wuschen Rosemarys Geländewagen, der so mit Schlamm verkrustet war, dass man die Farbe nicht mehr erkennen konnte.
Erst als die Sonne hoch am Himmel stand, wurden sie ins Wohnhaus gerufen. Durch die offen stehende Bürotür konnte Bob einen Blick auf den Futtervertreter erhaschen. Er war ein schmaler Mann mit kurzen, grauen Haaren und dunklen Augenringen, der sich angeregt mit Walther unterhielt und dabei einen Kaffee trank.
»Mr Smith bleibt ebenfalls zum Essen«, sagte Rosie, während sie eine große Schüssel Salat aus dem Kühlschrank holte. »Also deckt bitte einen Teller mehr auf.« Sie spähte beim Sprechen aus dem Fenster. Draußen konnte man einen Einsatzwagen sehen, der in einer Staubwolke die Auffahrt hochgefahren kam. »Da sind ja auch schon Jonathan und Sheriff Stone!«
Es dauerte noch eine ganze Weile, bis alle gemeinsam am Tisch saßen. Brian war erst kurz zuvor von seiner Arbeit an

den Zäunen zurückgekehrt, und da er sofort von Rosie in Beschlag genommen wurde, erfuhren die drei ??? nicht, ob er das Tagebuch gefunden hatte. Dafür strahlte Ashlyn über das ganze Gesicht. »Wir haben jetzt eine Zentrale!«, raunte sie den Jungen zu. Ihr T-Shirt war staubig und sie hatte Fetzen von Spinnweben im Haar. Als Rosie das bemerkte, wurde das Mädchen sofort ins Badezimmer geschickt.

Die Männer hatten bereits an dem gedeckten Tisch Platz genommen: der grauhaarige Vertreter, der hoch gewachsene Sheriff Stone, Rosies Sohn Walther und ihr Enkel Jonathan, der wie eine schlankere, jüngere Ausgabe seines Vaters aussah. Die beiden Farmarbeiter waren heute nicht dabei.

»Holly will unbedingt das Rezept für deine Salatsoße und für diese kleinen Brötchen mit den Körnern haben«, sagte der Sheriff, nachdem er sich reichlich Kartoffeln aufgetan hatte.

Rosie sah zufrieden aus. »Ich kopiere es dir nachher, Warren. Schade, dass deine Frau heute nicht mitkommen konnte.«

»Sie hat einen Arzttermin.« Sheriff Stone seufzte. »Du weißt ja, wie es ihr geht.«

Rosie lächelte ihn verständnisvoll an. »Ich packe dir die Reste ein. Die kann sie sich heute Abend aufwärmen. Wenn ihr mögt, könnt ihr auch eurer netten Kollegin etwas mitbringen.«

»Nicht nötig, Grandma. Deputy Barnes ist gar nicht im Sheriff-Büro«, erklärte Jonathan. »Sie ist heute in Prudence zum Bewerbungsgespräch.«

Der Sheriff gab ein Geräusch von sich, das halb nach Knurren, halb nach Seufzen klang. »Kein schönes Thema für ein gemütliches Essen.«

Auch Walther sah mit einem Mal unglücklich aus. »Reich uns lieber mal die Platte mit dem Fleisch, Sohnemann! Ich habe einen Bärenhunger!«

Obwohl das Essen großartig schmeckte, herrschte eine leicht gedrückte Atmosphäre am Tisch. Justus beobachtete die Erwachsenen aufmerksam, fragte jedoch nicht nach.

Peter und Bob waren mit ihren Gedanken wieder beim Rätsel – genau wie Ashlyn. Das Mädchen konnte kaum still sitzen. Sie schlang ihr Steak hinunter wie ein Wolf.

»Puh, das hat ja ewig gedauert« stöhnte Ashlyn, als die Erwachsenen sich nach dem Essen wieder ihren Aufgaben zuwandten. »Los, wir gehen sofort rüber in unsere Zentrale!«

»Und?«, fragte Bob, während sie zum Schuppen eilten. »Was ist mit dem Tagebuch?«

»Ich habe es gefunden!«, antwortete Brian. Überraschenderweise klang er nicht besonders glücklich. »Es lag tatsächlich noch im Spülkasten der Toilette. Dieser Jim war allerdings nicht die hellste Kerze auf der Torte. Er hat es in eine undichte Tüte gewickelt, bevor er es im Wasser verstaut hat. Oder besser gesagt ›versaut hat‹.«

»Tatsächlich eine ziemlich dumme Idee, um ein Buch zu verwahren«, meinte Justus. »Ist der Schaden schlimm?«

»Das Buch muss eine halbe Ewigkeit im Wasser gelegen haben, bevor der Kasten ausgetrocknet oder ausgelaufen ist«, gab Brian zurück. »Ich zeige es euch gleich, aber hilfreich wird es nicht sein.«

Hintereinander stiegen sie die Treppe zum Speicher über dem Schuppen hoch. Oben war es warm und stickig. Zwischen allerhand Gerümpel hatte Ashlyn einen Weg frei ge-

räumt, der in den hinteren Teil des Raumes führte. Dort standen jetzt mehrere Stühle, ein alter Tisch und ein kleines Regal mit Papier, Stiften, einem Locher und einer leeren Aktenmappe. »Das habe ich aus Rosies Büro geholt!«, sagte Ashlyn stolz. »Außerdem habe ich noch das da gefunden!« Sie deutete an die Wand, wo mit Klebestreifen eine zerknitterte Landkarte von Nothing und Umgebung angebracht war. »Vielleicht hilft uns das weiter.«
Bob beugte sich vor, um die Jahreszahl am unteren Rand zu entziffern. »Die ist zwar schon zwanzig Jahre alt, aber für das Rätsel bräuchten wir eine historische Karte, die uns die Gegend um 1865 herum zeigt.«
»Wir müssen mit dem arbeiten, was wir haben«, sagte Brian. Er griff in seinen Rucksack und beförderte einen viereckigen Gegenstand zutage. Mit einem Blick war zu erkennen, dass dieses Buch keine Geschichten mehr erzählen konnte. Zwischen dem halb vergammelten Ledereinband gab es nur noch aufgequollene Überreste von Papier. Tinte, Schmutz und Schimmel waren zu bräunlich schwarzen Flecken zerlaufen.
Ashlyn konnte ihre Enttäuschung kaum zurückhalten. »So viel zu der Möglichkeit, mehr über den Schatz zu erfahren.«
»Immerhin haben wir das Rätsel«, lenkte Peter ein. »Wo ist es überhaupt?«
»Ach, das hätte ich fast vergessen. Ich hole schnell den Brief! Wartet hier!« Schon war Ashlyn zwischen den Möbeln verschwunden.
Justus sah Bob vorwurfsvoll an. »Ashlyn hat den Brief? Es ist deine Aufgabe, wichtige Dokumente zu verwahren.«

»Sie ist mir gestern Abend zuvorgekommen und hat ihn eingesteckt«, gab Bob leicht zerknirscht zurück.

»Ich muss euch noch etwas berichten«, kam es von Brian. Er hatte auf einem alten Schaukelstuhl Platz genommen und sah nachdenklich aus. »Als ich beim Motel war, habe ich wieder etwas gehört.«

»Einen Waschbären?«, fragte Peter.

»Ich glaube nicht.« Brian zögerte. »Gestern habe ich auch gedacht, dass da draußen Tiere unterwegs waren, aber vielleicht haben wir uns getäuscht.«

»Inwiefern?«

»Ich bin mir nicht ganz sicher, aber es könnte sein, dass es ein Mensch gewesen ist.«

Folge dem Vieh!

»Hast du jemanden gesehen?«, fragte Justus.
»Nicht direkt«, gab Brian zu. »Aber ich habe Schritte gehört. Sie klangen so … menschlich.«
»Aber warum sollte jemand um das Motel herumschleichen, wenn es seit Jahrzehnten leer steht?«, überlegte Bob laut.
»Es ist gut möglich, dass noch mehr Leute den Schatz suchen«, warf Justus ein. »Denkt nur an diese dubiosen Prophezeiungen von Priscilla Sicktree. Handelt es sich um Zufälle oder weiß sie von dem Rätsel?«
»Du meinst, Priscilla ist beim Motel gewesen?« Brian sah den Ersten Detektiv zweifelnd an. »Vormittags ist sie doch immer im Eiscafé.«
»Wir können ermitteln, ob sie für die Zeit ein Alibi hat«, entgegnete Justus. »Auf jeden Fall sollten wir diese Frau mit einem Fragezeichen versehen.«
»Hier ist der Brief!« Atemlos kam Ashlyn zurück auf den Dachboden gestürmt, mehrere Blätter Papier in den Händen. »Ich habe die beiden Seiten heute Morgen kopiert. Dann kriegt jeder ein Exemplar, auf dem er Anmerkungen machen kann.« Sie breitete die Kopien auf dem Tisch aus und legte fünf Kugelschreiber daneben. »Wie und wo fangen wir denn jetzt an?«
»Ich würde sagen, dort«, sagte Bob.
Alle drehten sich zu ihm um. Der dritte Detektiv stand vor der Landkarte. Er deutete mit einem Finger auf einen kleinen Weg, der aus Nothing hinausführte.

Peter trat neben ihn. »Alter Ochsensteig«, las er.
»Das klingt doch nach einem Weg, auf dem früher Vieh getrieben wurde«, fand Bob.
»In der Tat!« Nun drängte sich auch Justus neben seine Freunde und betrachtete die Karte. Der gelbe Strich, der den Weg markierte, schlängelte sich durch die Weiden hindurch zu einem Fluss oder Bach, ein Stück an dessen Ufer entlang und dann durch eine unbewohnte Ebene.
»Folge dem Vieh. Es führt dich zu dem Ort, an dem Hamlets Geliebte nicht sterben kann«, zitierte Justus den Rätseltext.
»Eine Weide?«, fragte Ashlyn.
»Die Kenntnis von Shakespeares Drama ist an dieser Stelle hilfreich«, sagte Justus eine Spur zu überheblich. »In dem Theaterstück gibt es eine junge Frau namens Ophelia. Der Dänenprinz Hamlet macht ihr den Hof, scheint aber plötzlich nicht mehr in sie verliebt zu sein. Sie verfällt daraufhin dem Wahnsinn und ertrinkt in einem Bach.«
»Dann kann das hier aber noch nicht der gemeinte Ort sein«, warf Brian ein.
»Wieso, der Kuhpfad führt doch zu einem Bach«, entgegnete Peter.
Brian schüttelte den Kopf. »In dem kann man aber nicht ertrinken. Der Shallow Water River führt im Sommer so gut wie gar kein Wasser. Und selbst im Winter ist er kaum mehr als ein Rinnsal. Das ganze Wasser der Gegend sammelt sich auf der anderen Seite von Nothing im Blue Springs Creek – und im Steinbruch.«
»Ja, aber dann passt es doch erst recht«, warf Bob ein.
»Richtig, Dritter.« Justus räumte bereits die Zettel vom

Tisch. »Ein Bach ohne Wasser ist ein Ort, an dem Hamlets Geliebte nicht ertrinken kann. So besagt es das Rätsel. Ich würde sagen, wir haben ein erstes Ziel, Kollegen.«
Ashlyn strahlte ihn an. »Prima, Kollege!«

Wie angekündigt, erlaubte Rosie ihren Enkeln und den drei ???, den Nachmittag für einen Ausflug zu nutzen. Sie packten Trinkwasser und ein paar Kekse ein, verstauten die Kopien des Briefes in ihren Rucksäcken und machten sich auf den Weg. Der Alte Ochsensteig verlief unweit von Rosies Farm. Er war kaum mehr als ein breiter, unebener Sandweg, dessen Mittelstreifen mit hohen Gräsern bewachsen war. Links und rechts dösten Rinder in der drückenden Nachmittagshitze. Dicke Fliegen schwirrten zwischen den Tieren umher und versuchten, auch auf den Radfahrern zu landen.
Bob ruderte ärgerlich mit einem Arm in der Luft herum, um ein besonders dickes, schillerndes Exemplar zu verjagen. »Ich weiß nicht, wen ich schlimmer finden soll: die Fliegen oder die Mücken?«
»Wie wäre es mit den Pferdebremsen?«, schlug Brian vor. »Die blutsaugenden Mistviecher beißen nicht nur Vierbeiner, sondern auch Menschen.«
Nach diesem Gespräch über Insekten herrschte Schweigen. Es war zu heiß und zu schwül, um sich beim Fahrradfahren auf der holperigen Strecke auch noch zu unterhalten. Justus war froh, als sie endlich eine Wegbiegung erreichten, von der aus man das trockene Flussbett des Shallow Water River erspähen konnte. Sie legten die Fahrräder ins Gras und stiegen

zum Ufer hinab. Zwischen Geröll und größeren Findlingen gab es kleine Kuhlen, die mit bräunlichem Wasser gefüllt waren.

»Da wären wir«, stellte Brian sinnigerweise fest.

»Hier hätte Ophelia tatsächlich nicht ertrinken können«, gab Peter zu. »Es sei denn, sie wäre eine Ameise gewesen.«

»Meines Wissens gehörte sie durchaus zur Gattung Homo sapiens«, erklärte Justus nüchtern, wobei seine Mundwinkel jedoch leicht zuckten. »Also zu den Menschen.«

»Gehen wir trotzdem einfach mal davon aus, dass wir hier richtig sind.« Bob sah sich aufmerksam um.

Ashlyn faltete ihre Kopie des Briefes auseinander. »Wir sollen der Ankunft von Zephyr entgegenschauen.«

»Das ist eigentlich ganz einfach«, fing Justus an.

»Halt, Just!« Peter hob energisch eine Hand. »Gib uns auch mal eine Chance, okay?«

»Wie du meinst.« Der Erste Detektiv setzte sich auf einen großen Stein und sah die anderen erwartungsvoll an. »Nur zu!«

»Mit Zephyr könnte eine Person gemeint sein«, überlegte Ashlyn. »Oder was könnte sonst ankommen?«

»Vielleicht ein Zug?«, schlug Peter vor. »Gab es früher eine Eisenbahnlinie in Nothing?«

Brian zuckte die Achseln. »Zur Zeit des Steinbruchs fuhren Güterzüge den Bahnhof an. Aber die alten Gleise liegen mehrere Kilometer entfernt von hier.«

Peter seufzte. »Dann müssen wir wohl doch Justus fragen, was es mit diesem Zephyr auf sich hat.«

»Nicht nötig.« Bob grinste. »Ich habe gestern noch eine kleine Internetrecherche betrieben, als ihr schon geschlafen habt. Immerhin gibt es auf Rosies Hof WLAN.«

»Dann hättest du ja auch gleich nachforschen können, wer dieser Thomas Greenhow war«, meinte Brian.

»Das habe ich versucht«, sagte Bob. »Aber ich habe ihn nicht gefunden.«

»Damit war zu rechnen«, sagte Justus gleichmütig. »Das Internet mag eine unerschöpfliche Quelle von Informationen darstellen, aber in so einem regionalhistorischen Fall kann ein lokales Archiv deutlich hilfreicher sein.«

»Das stimmt.« Bob nickte ungeduldig. »Aber wollt ihr denn nicht endlich wissen, wer oder was Zephyr ist?«

Bevor auch nur einer der anderen »Doch« sagen konnte, konnte Justus sich nicht mehr zurückhalten: »Eine Windgottheit in der griechischen Mythologie.«

»Ist das alles?«, hakte Bob nach.

»Ich schätze, dass es ein Hinweis auf eine Windrichtung ist«, fügte Justus hinzu. »Wo er herkommt, sollen wir hinschauen.«

»Zephyr gehört tatsächlich zu den Anemoi, den Göttern des Windes«, erklärte Bob. »Er symbolisiert den Westwind. Zudem trägt er auch die Bezeichnung ›Der vom Berge Kommende‹. Beides könnte hier gut passen.«

»Das lässt sich überprüfen«, mischte sich Peter ein. »Ich habe einen Kompass dabei.« Er fischte einen kleinen, runden Gegenstand aus seiner Tasche und klappte ihn auf. Die Nadel in der Mitte drehte sich schlingernd, während Peter den Kompass auf seiner flachen Hand hielt. Schließlich sah er auf. »Da ist Westen!« Er deutete auf eine eng stehende Reihe von Felsen, die mitten aus dem flachen Weideland emporragten und zusammen so etwas wie einen kleinen Tafelberg darstellten. Der war etwa so hoch wie ein dreistöckiges Haus und erstreckte sich über einen guten Kilometer in nordwestlicher Richtung, wo er langsam flach auslief.

»Das ist der Broken Nose Jump«, berichtete Brian. »Vor ein paar tausend Jahren haben die Indianer hier bei der Jagd die Bisons über den Abgrund getrieben. Es gibt noch vereinzelte Spuren, die darauf hinweisen. Letztes Jahr hat Onkel Walther hier mit Jonathan und mir nach alten Büffelknochen gesucht.«

»Und, habt ihr was gefunden?«, fragte Peter mit leichten Schaudern.

»Nicht viel«, gab Brian zu.

»Oben bilden die Felsen übrigens eine Hochebene,« kam Ashlyn auf das Rätsel zurück. »Ich frage mich, ob wir da raufsollen.«

Bob zückte seine Kopie des Rätsels. »Thomas Greenhow schreibt, dass der Schatzsucher einen beschwerlichen Pfad einschlagen soll, der ihn auf neue Ebenen bringt.«

»Klingt nach Klettern.«

»Kommt man da überhaupt hoch?«, fragte Justus skeptisch.

»Klar«, antwortete Ashlyn. »Es ist nicht ganz leicht, aber Brian und ich sind im letzten Jahr mal raufgekraxelt.«

Für den sportlichen Peter war der Aufstieg recht einfach. Geschickt suchte er sich Felsspalten und Vorsprünge, an denen er mit Händen und Füßen Halt fand. Ashlyn hatte ebenfalls keine Probleme. Wie eine kleine Spinne krabbelte sie die Felsen hinauf. Brian und Bob waren etwas langsamer, arbeiteten sich aber beständig aufwärts. Nur Justus scheiterte schon an den ersten Metern. Der Erste Detektiv hielt nicht viel vom Klettern. Er litt unter leichter Höhenangst und war nicht ganz so sportlich wie seine Freunde. Dass die Felsen auch noch nach einer gebrochenen Nase benannt waren, gefiel ihm gar nicht.

»Du schaffst das!«, feuerte ihn Ashlyn von oben aus an. Sie spähte über den Rand des Broken Nose Jump hinunter. Neben ihr saß Peter und rief Justus Anweisungen zu, die ihm helfen sollten. »Linke Hand ein Stück höher! Festhalten. Und jetzt das rechte Bein nachziehen.«

Der Erste Detektiv knurrte etwas Unverständliches.

»Nicht fluchen, klettern!«, kam es von Ashlyn.

»Über dir ist eine Vertiefung. Die –«

»Ich mache das schon!«, presste Justus hervor. Dann biss er die Zähne zusammen und zog sich langsam hoch. Er durfte dabei nur nicht nach unten schauen. Es dauerte eine ganze Weile, bis er von seinen Freunden über den Rand gezogen werden konnte und sich in das spärliche Gras der Hochebene fallen ließ. »Ich glaube, ich werde für immer hierbleiben!«, murmelte er. »Nie im Leben klettere ich den Felsen wieder runter!«

»Wir bringen dir dann jeden Tag einen Korb mit Lebensmitteln.« Bob grinste. »Aber was machst du, wenn wir nach Rocky Beach zurückmüssen?«

Justus atmete schwer. »Richtet Tante Mathilda und Onkel Titus Grüße von mir aus. Sie sollen mir ein paar Bücher schicken.«

»Über den Abstieg kannst du dir später Gedanken machen«,

sagte Peter. Er drehte sich langsam einmal um die eigene Achse. Die Hochebene bestand zum Großteil aus trockenem Grasland. Nur im Norden gab es dichtes Buschwerk, gedrungene Kiefern, Geröll und kleine Felsentürme. Dann blickte der Zweite Detektiv über die weite Landschaft, die sich unter ihnen ausbreitete. »Man hat von hier oben einen großartigen Ausblick!«

Bob reckte sich. »Man kann sogar den Steinbruch sehen! Im Osten.«

»Nordosten«, korrigierte Peter mit einem Blick auf seinen Kompass.

»Den gab es aber zu Greenhows Zeiten noch nicht«, sagte Brian.

»Den Kompass?« Peter stutzte.

Brian schnaubte. »Quatsch, den Steinbruch natürlich!«

»Gut, dass wir dich und Justus dabeihaben.« Peter grinste schief. »Ihr wisst auch wirklich immer alles.«

»Lediglich fast alles«, korrigierte Justus. Er richtete sich ächzend auf. »Mir ist beispielsweise gerade nicht klar, was wir hier oben genau tun sollen.«

»Bislang sind wir doch recht gut vorangekommen«, meinte Bob, der sich erneut den Rätseltext vorgenommen hatte. »Könnte durchaus sein, dass wir den Schatz heute noch finden.«

Brian sah auf die Uhr an seinem Handgelenk. »Wir haben Zeit bis zum Abendessen. Ich würde vorschlagen, dass wir uns aufteilen und die Ebene absuchen.«

»Davon steht aber nichts im Rätsel«, wandte Ashlyn ein. »Nicht wahr, Bob? Greenhow schreibt etwas von Innehalten.«

»*Halte inne und gedenke all jener, die im Jenseits warten*«, las der dritte Detektiv laut vor.

»Damit sind bestimmt Verstorbene gemeint«, überlegte Peter. »Man sagt doch, dass jemand, der nicht mehr lebt, im Jenseits ist. Fragt sich, weswegen wir ihnen gedenken sollen.«

»Ihrer«, korrigierte Justus.

»Ihrer?« Peter sah seinen Freund fragend an. »Was meinst du damit?«

»Ihrer gedenken. Deine Schlussfolgerung ist vermutlich richtig, Zweiter«, erklärte Justus. »Aber der Gebrauch der Grammatik nicht. Du hättest die Frage stellen sollen, weswegen wir *ihrer* gedenken sollen.«

Peter stöhnte leise auf. »Meinetwegen. Also rück schon mit einem Geistesblitz heraus: Warum sollen wir ausgerechnet jetzt an die Toten denken?«

»Es könnte einen direkten Bezug zum Leben von Thomas Greenhow geben«, meinte Justus. »Zum Beispiel, dass man von hier aus einen Ort sehen kann, an dem jemand aus seiner Familie gestorben ist.«

»Oder er bezieht sich auf ein Schlachtfeld«, fügte Bob hinzu. »Gab es hier in der Gegend Kämpfe mit Indianern? Oder vielleicht eine Schießerei mit Viehdieben?«

»Kann schon sein«, antwortete Brian. »Aber wir wissen leider auch nicht mehr als ihr.«

»Vielleicht sind die Bisons gemeint, die über die Klippen ins Jenseits gejagt wurden«, sagte Peter.

»Aber was bringt es uns, wenn wir an sie denken?« Bob war nicht überzeugt.

»Hilft uns der nächste Satz vielleicht weiter?«, fragte Ashlyn.

»Lang lebe die Königin! Grüße den Hüter ihres fleißigen Volkes, aber lasse ihn zurück.«

»In Amerika gab es nie eine Königin.« Peter warf kleine Steinchen in die Luft und fing sie wieder auf.

»Wir können aber davon ausgehen, dass es in der Gegend Siedler aus England gegeben hat«, warf Justus ein. »Zu Lebzeiten von Thomas Greenhow herrschte in ihrer alten Heimat Königin Victoria.«

Bob nickte eifrig. »Dann könnte das ein Hinweis auf einen Hof oder eine Siedlung sein, wo Engländer arbeiteten.«

»Oder Menschen aus einem anderen Königreich«, ergänzte Brian.

Ashlyn stimmte ihrem Bruder zu. »Das kann sein. In Europa hat es früher doch geradezu von Königen, Königinnen, Prinzessinnen und Prinzen gewimmelt! Woher sollen wir wissen, ob Greenhow Engländer meint?«

Justus beobachtete einen schwarzen Käfer, der an einem Grashalm emporkletterte. »Vielleicht denken wir damit auch gänzlich in die falsche Richtung.«

»Meine volle Blase hält mich gerade vom Denken ab«, gestand Brian. »Ich verziehe mich mal kurz hinter die Büsche dort hinten, okay?« Er eilte von der kleinen Gruppe weg zur Nordseite der Ebene. Dort verschwand er hinter ein paar trockenen Sträuchern. Es dauerte nicht lange, bis er wieder zurück war – mit einem sichtbar besorgten Gesichtsausdruck.

»Alles in Ordnung?«, fragte Ashlyn.

Brian sah sich nervös um. »Wir sind nicht allein. Hier ist jemand!«

Das Ende der Spur?

»Ich habe jenseits der Büsche eine geduckte Gestalt gesehen, die schnell verschwand. Ich konnte kein Gesicht erkennen, da die Person einen Hut mit breiter Krempe und eine Sonnenbrille trug, aber die Statur war eindeutig männlich. Da bin ich mir sicher«, berichtete Brian.
»Vielleicht ein Wanderer«, mutmaßte Bob.
Brian wirkte nicht gerade überzeugt. »Aber warum ist der Mann so eilig abgehauen, als hätte ich ihn bei etwas ertappt?«
»Es war wohl eher umgekehrt. Er hat dich beim Pinkeln überrascht«, meinte Peter. »Das war ihm bestimmt total peinlich.«
»Das kann sein«, murmelte Brian.
»Es mag ein Zufall gewesen sein«, gab Justus zu bedenken. »Aber wir sollten von nun an besonders wachsam sein.«
»Wir machen doch trotzdem weiter, oder?«, fragte Ashlyn. »Oder sollen wir den Schatz aufgeben, nur weil wir Angst vor einem Wanderer haben?«
»Ich habe keine Angst«, stellte Justus mit Nachdruck fest. »Und ich habe keineswegs vor, aufzugeben. Ich habe lediglich bemerkt, dass wir wachsam sein sollten. Immerhin wissen wir nicht, mit was für einer Person wir es hier auf der Hochebene zu tun haben.«
»Man kann nie vorsichtig genug sein«, bekräftigte Peter.
»Also weitermachen und wachsam sein«, fasste Bob zusammen. »Wo waren wir stehen geblieben?«
»Bei Königinnen und Siedlern«, sagte Ashlyn.

»Mir sticht die Bezeichnung ›fleißiges Volk‹ ins Auge.« Justus deutete auf den schwarzen Käfer, der mittlerweile von seinem Grashalm gestiegen war und nun zwischen ein paar kleinen Steinen herumkrabbelte. »Ich assoziiere damit keine Menschen, sondern vielmehr Tiere.«
»Tiere?«
Der Erste Detektiv nickte. »Wir sollten uns nach einem Ameisenhaufen umsehen.«
»Natürlich!« Peter klatschte sich mit der flachen Hand gegen die Stirn. »Ameisen leben in Völkern, sie haben eine Königin und sie sind fleißig! Du hast das Rätsel gelöst, Just!«
»Also nichts wie los«, rief Ashlyn. »Gesucht wird ein Ameisenhaufen!«
»Nicht so laut!«, zischte Brian. »Was ist, wenn der Typ noch hier ist?«
»Es lohnt sich sowieso nicht, auszuschwärmen und das Gebiet abzusuchen«, warf Bob ein und sah dabei Justus grinsend an. »Ich glaube kaum, dass ein Ameisenhaufen von 1865 jetzt noch an Ort und Stelle ist.«
»Stimmt!« Peter ließ die Schultern hängen. »Das war es dann wohl. Leb wohl, Goldschatz.«
»So leicht geben wir ja wohl nicht auf«, sagte Justus entschlossen. »Es verhält sich dann zwar wie eine Gleichung mit einer Unbekannten, aber wenn es uns gelingt, den Hinweis mit dem Jenseits zu entschlüsseln, können wir mit etwas Glück die Ameisen überspringen. Auf jeden Fall müssen wir das Gebiet eingrenzen, in dem wir suchen sollen. Es ist ja nicht gesagt, dass sich der Ameisenhaufen damals hier auf der Hochebene befand. Und –«

»Schaut mal!«, fiel ihm Ashlyn ins Wort. Sie deutete hinunter in die Tiefebene. Ein Auto fuhr in relativ zügigem Tempo über einen Feldweg. Staub wirbelte auf. »Das ist der Wagen von Sheriff Stone.«

»Was will der denn hier?«, meinte Brian.

»Vielleicht war der Mann von eben doch kein Wanderer, sondern ein gesuchter Verbrecher!« Peter sah die anderen besorgt an. »Wir sollten besser von hier verschwinden!«

»Dahinten ist ein Trampelpfad, der zwischen den Felsen hinabführt.« Brian setzte sich in Bewegung. »Kommt.«

»Ein Trampelpfad?«, echote Justus entgeistert. »Warum hast du das nicht gleich gesagt? Dann hätte ich mir die elende Kletterei erspart!«

»Im Rätseltext hieß es nun einmal, dass wir den beschwerlichen Pfad einschlagen sollten«, gab der Junge zurück.

»In dem Punkt hätte man ein Auge zudrücken können!« Schlecht gelaunt trottete der Erste Detektiv hinter Brian her, der sie über einen schmalen Pfad hinabführte. Gerade als sie am Fuß des Felsens angelangt waren, fuhr der Pick-up des Sheriffs vor und bremste. Sheriff Stone öffnete das Fenster auf der Fahrerseite.

»Ist alles in Ordnung?«, fragte Brian gleich nach der Begrüßung.

»Suchen Sie jemanden?«, fügte Peter noch schnell hinzu.

»Nicht ganz«, gab der Sheriff zurück. Er sah gestresst aus. »Ein Farmer aus Brownleaves hat gemeldet, dass ihm vier Jungbullen entwischt sind. Es ist möglich, dass die Tiere über die Felder bis hierher gekommen sind.«

»Sind sie gefährlich?«, wollte Peter wissen.

»Man sollte auf jeden Fall vorsichtig sein«, antwortete der Sheriff. »Mit ausgebrochenen Rindern ist nicht zu spaßen. Sie trampeln die Pflanzen auf Feldern nieder, reißen kleinere Zäune ein und können auch schon mal Menschen angreifen, wenn sie sich bedroht fühlen.«
»Wir haben von oben keine frei laufenden Rinder gesehen, Sir«, erzählte Brian. »Aber sie könnten sich natürlich auch in einem Kiefernwäldchen oder drüben beim Steinbruch aufhalten.«
»Genau das überprüfe ich gerade«, sagte der Sheriff. »Es ist besser, wenn ihr auf direktem Weg zum Hof zurückgeht.«
»Wir haben Fahrräder dabei.«
»Dann holt sie bitte jetzt gleich. Mit etwas Glück kommen in den nächsten Stunden Meldungen von Bauern, bei denen die Bullen aufgetaucht sind. Sobald wir die Viecher haben, könnt ihr wieder so viele Ausflüge machen, wie ihr wollt.«
Sie verabschiedeten sich von Sheriff Stone und liefen zu ihren Rädern, die noch am Shallow Water River im Gras lagen.
»Beeilt euch!«, mahnte Peter. »Ich will diesen wild gewordenen Rindern nicht begegnen!«
»Und was ist mit dem Mann auf der Hochebene?«, fragte Bob. »Sollten wir ihn nicht warnen?«
»Da oben ist er in Sicherheit«, sagte Brian, während er auf sein Rad stieg. »Da klettert so schnell kein Bulle rauf. Außerdem hat der Sheriff gesagt, dass wir direkt nach Hause radeln sollen.«
Bob ließ nicht locker. »Aber die Tiere könnten von der Rückseite kommen. Von da, wo früher auch die Bisons hochgetrieben wurden.«

»Es ist doch nicht gesagt, dass die Tiere überhaupt hier langlaufen«, sagte Ashlyn. »Brownleaves liegt fast eine Stunde entfernt. Die Bullen könnten genauso gut in Prudence, Sorrow oder Cattlefield auftauchen.«
»Und wenn doch, dann würde man sie von Weitem sehen!«, fügte Brian hinzu.
»Wir sollten uns trotzdem beeilen.« Peter trat kräftig in die Pedale. Er konnte es mit einem Mal kaum noch erwarten, diesen Ort zu verlassen. Erst ein geheimnisvoller Mann auf den Felsen, dann auch noch frei laufende Bullen – das war nicht nach seinem Geschmack. Wenn es nach Peter ginge, konnten sie es sich den Rest des Nachmittags einfach auf dem Hof gemütlich machen. Und das taten sie wenig später dann auch.

Als die drei ??? am Abend in ihren Betten lagen, starrte Justus an die Zimmerdecke. »Dieser Fall ist sehr merkwürdig.«
»Findest du?«, fragte Bob. »Bislang ist es doch eine recht normale Schatzsuche. Man könnte sogar fast sagen, dass wir uns an die Anweisungen meiner Mutter halten: Wir radeln durch die Wiesen, lassen uns von Großtante Rosie bekochen, halten uns von Verbrechern fern, klettern ein bisschen auf Felsen herum, tragen Heuballen über den Hof und nehmen uns vor den Rindern in Acht.«
»Geradezu vorbildlich«, fand auch Peter. »Und alle werden ganz begeistert sein, wenn sie unsere vielen Schrammen und Insektenstiche sehen.«
»Stimmt.« Bob grinste.
»Das meine ich nicht«, kam Justus auf seine Bemerkung zu-

rück. »Mir kommt es so vor, als blickten wir auf ein Puzzle, bei dem nicht alle Teile passen. Etwas ist falsch.«

»Gib zu, dass dich die Vorhersagen von Priscilla Sicktree stören«, meinte Peter. »Du hast es ja nicht so mit übernatürlichen Phänomenen, Hellsehern und Zauberei.«

»Ich betrachte die Welt eben gern aus einem naturwissenschaftlichen Winkel heraus«, verteidigte sich Justus. »Nach dem Prinzip der Logik. Und es gefällt mir, Erklärungen für Dinge zu finden, die sich auf den ersten Blick nicht erklären lassen.«

»Hast du denn eine Erklärung für die Vorhersagen von Mrs Sicktree?«, fragte Peter.

»Darüber muss ich noch nachdenken«, gab Justus zu.

»Wir haben ein paar geheimnisvolle Prophezeiungen einer Kellnerin«, begann Bob. »Die stehen in einem bisher nicht geklärten Zusammenhang mit einem Brief eines Steinbrucharbeiters aus dem Jahr 1957.«

»Und dieser Brief bezieht sich auf ein Rätsel aus dem Jahr 1865«, fuhr Peter fort. »Das wiederum etwas mit einem sehr wertvollen Goldschatz aus der Gegend zu tun hat.«

»Dann ist Priscilla Sicktree entweder eine echte Hellseherin oder sie weiß von dem Schatz«, schlussfolgerte Bob.

»Das ist doch keine vollständige Erklärung für das, was sie gesagt hat«, warf Peter ein. »Wie konnte sie denn von dem Knall und dem Blut wissen? Ihr müsst zugeben, dass das schon sehr seltsam ist.« Er stand auf und öffnete das Fenster. Im Zimmer der Jungen war es drückend heiß. Von draußen kam jedoch kaum Abkühlung herein. Stattdessen hörte man die Insekten, die vor dem Fliegengitter summten.

»Wird Zeit, dass es regnet«, sagte Bob müde.
»Der Regen wird mit dem Gewitter kommen.« Peter spähte hinaus in die Dunkelheit. »So, wie es der Wetterdienst gemeldet hat.«
»Wenn es schon morgen ein Unwetter gibt, können wir das für einen Recherchetag nutzen«, stellte der Erste Detektiv fest. »Wir fahren mit dem Auto nach Nothing, gehen ins Museum und überprüfen dann im Eiscafé, ob Mrs Sicktree für gestern Vormittag ein Alibi hat.«
Bob fächelte sich mit einer Zeitung Luft zu. »Weil du glaubst, dass die Kellnerin um das Motel herumgeschlichen ist?«
»Ich glaube gar nichts, bevor ich keine Beweise in den Händen halte«, erwiderte Justus. Dann gähnte er herzhaft. »Wir sollten jetzt besser schlafen. Die anderen tun das sicher längst und morgen müssen wir wieder früh –«
»Da ist etwas!«, unterbrach Peter seinen Freund. Er reckte sich und versuchte, trotz des Fliegengitters etwas zu erkennen.
»Was denn?« Bob klang nicht besonders interessiert.
»Jemand ist im Schuppen!«
»Vielleicht hat Brian etwas vergessen.« Justus streckte sich aus. »Oder es ist Ashlyn.«
»Das hätten wir bemerkt«, warf Peter ungeduldig ein. »Wenn jemand die Treppe runtergegangen wäre, hätten wir es knarren gehört. Außerdem hätten die beiden bestimmt das Licht im Schuppen angemacht. Wer immer dort herumgeistert, benutzt jedoch eine Taschenlampe.«
»Habt ihr alle eure Rätselkopien?« Jetzt setzte sich Justus im Bett auf.

»Klar«, sagte Peter. »Zusammengefaltet in meiner Hosentasche.«
»Meine liegen im Rucksack«, antwortete Bob. »Und das Original habe ich zwischen meinen T-Shirts im Schrank verstaut.«
Der Erste Detektiv war bereits aufgestanden und schlüpfte in seine Schuhe. »Ich wette, Ashlyn und Brian waren nicht so vorsichtig.«
»Du meinst, jemand hat es auf das Rätsel abgesehen?«, fragte Peter, aber Justus war schon aus der Tür. Bob und Peter folgten ihm.
Die drei Jungen liefen auf den nächtlichen Hof hinaus. An der großen Scheune gab es eine Lampe, die ein mattes Licht spendete. Sonst war alles dunkel.
»Da!«, zischte Peter.
Ein großer Schatten löste sich aus der Dunkelheit. Sofort musste der Zweite Detektiv an die Vorhersagen von Mrs Sicktree denken. Ihre Worte hallten in seinem Kopf wider: »Ihr sucht die Gefahr. Doch die Gefahr wird euch finden. Ein Schatten kommt. Er heftet sich an eure Fersen.«
Der Schatten hatte nichts Menschliches an sich. Er bewegte sich wie ein Tier. Geduckt, massig und gefährlich! Peter wich zurück, bis er mit dem Rücken gegen die Hauswand stieß. »Kollegen«, flüsterte er angespannt, »was ist das?«

Schatten in der Nacht

Justus war alles andere als wohl zumute. Der Schatten kam direkt auf sie zu. Anders als der Zweite Detektiv hatte er durchaus eine Ahnung, mit was sie es zu tun hatten. Das machte die Sache jedoch nicht besser. Tagsüber auf dem Hof herumzulaufen war eine Sache, nachts herumzuschleichen eine ganz andere. Es war gut möglich, dass Bernhardiner Buck sie jetzt als Eindringlinge sah.

»Das ist ja der Hund!«, kam es leise von Bob.

»Buckie!« Peter schien sich trotz der Gefahr zu entspannen. »Wir sind es!«

Der schwarze Schatten trottete zu ihm hin.

»Na komm!«

Vier riesige Pfoten näherten sich den Jungen.

»Komm zu Peter!«

»Sei bloß vorsichtig!«, raunte Justus seinem Freund zu. Doch der Zweite Detektiv wusste, was er tat. Er machte keine schnellen Bewegungen, sondern streckte seine Hand aus und redete ruhig weiter. Buck blieb stehen und wedelte kaum merklich mit dem Schwanz. Anscheinend hatte er verstanden, dass Peter kein Einbrecher war.

»Guter Junge!«, fuhr Peter fort. Seine Freunde spähten unterdessen angestrengt zum Schuppen hinüber. Das Licht der Taschenlampe war soeben erloschen. Durch die trüben Scheiben sah man nichts als undurchdringliche Dunkelheit.

»Gibt es einen zweiten Ausgang?«, fragte Justus leise.

»Soweit ich weiß, gibt es auf dem Dachboden keine Luke

und keinen Ausstieg«, antwortete Bob. »Aber ich glaube, im Untergeschoss ist noch eine Tür an der Rückseite.«
»Dann dürfen wir keine Zeit verlieren!«
»Was ist mit Buck?«, wollte Bob wissen.
»Den nehmen wir mit!«, entschied Justus. »Schließlich ist er hier der Wachhund!«
»Komm, Buckie!«, forderte Peter den riesigen Hund auf. Der setzte sich bereitwillig in einen schweren Trab. Er folgte den Jungen quer über den Hof auf den Schuppen zu. Noch im Laufen hörte Peter, wie eine Tür geöffnet wurde. Dann folgte ein Schnauben. Was war das? Peter preschte an der langen Seite des Schuppens vorbei. Wieder ein Schnauben. Dann ein Stampfen. War das etwa einer der entlaufenen Bullen? Peters Nackenhaare sträubten sich. Er verlangsamte sein Tempo. Wenn da jetzt ein wütendes Rind hinter dem Schuppen stand, würde das ziemlich gefährlich werden! Das Klirren von Metall riss ihn aus seinen Gedanken. Etwas Großes sprang ihm in den Weg. Auch das war kein Mensch – und garantiert kein Hund! Ein Bulle! Peter schrie auf. Er verlor das Gleichgewicht und fiel rücklings in den Staub. Hufe donnerten über den Boden. Peter riss die Arme hoch, schloss die Augen und wartete auf den Zusammenprall. Doch der blieb aus. Die Hufschläge wurden leiser. Peter atmete schwer. »Das war knapp!«
»Der Einbrecher hatte ein Pferd.« Bob half seinem Freund auf. »Den holen wir nicht mehr ein. Wenn er über die Felder reitet, ist er weg, bevor wir auch nur den Schlüssel des Pickups aus dem Haus geholt haben.«
»Ein Pferd?«, fragte Peter verdutzt. »Kein Rind?«

»Warum sollte ein Einbrecher auf einer Kuh reiten?«, fragte Bob irritiert.
»Nur so«, sagte Peter leise und klopfte sich den Dreck vom Pyjama.
»Immerhin schränkt das Transportmittel die Anzahl der Verdächtigen ein«, stellte Justus fest. »Es muss sich um einen guten Reiter handeln, der Zugang zu einem Pferd hat.«

»Was macht ihr denn hier draußen?«, fragten Brian und Ashlyn, als die drei ??? nach einer kurzen Inspektion des Schuppens und dessen Dachbodens zurückkehrten. Die Geschwister waren von den Schritten der drei ??? auf der Treppe wach geworden und standen nun in Schlafanzügen mit nackten Füßen auf der Veranda.
»Ist etwas passiert?«, fragte Ashyln.
»Wo wart ihr denn?«, wollte Brian wissen. »Ich habe vom Fenster aus auf dem Hof nach euch Ausschau gehalten, aber ihr wart nirgends zu sehen.«
»Wir haben überprüft, ob etwas gestohlen wurde«, antwortete Justus.
»Gestohlen?«, wiederholte Brian verwirrt.
»Ja«, antwortete der Erste Detektiv knapp. Er war gerade tief in Gedanken versunken und schien konzentriert die Erlebnisse des Abends in seinem Kopf durchzugehen. Dafür berichtete Peter umso ausführlicher von dem Licht im Schuppen und dem fliehenden Reiter, während Brian und Ashlyn ihn erstaunt ansahen.
»Ein Einbrecher? Hier auf dem Hof?«, fragte Ashlyn verblüfft.

»Wirklich?«
»Habe ich doch gerade gesagt!«, entfuhr es Peter.
Brian war nicht wirklich überzeugt. »Und ihr habt euch nicht getäuscht?«
»Warum sollten wir uns täuschen?«, meinte Bob.
Peter deutete auf den Hof, der nun wieder ruhig und verlassen dalag. Old Buck hatte es sich vor den Stufen der Veranda gemütlich gemacht und schien zu schlafen. »Wir haben mit eigenen Augen gesehen, wie jemand erst im Schuppen umhergeschlichen und dann auf einem Pferd abgehauen ist.«
Bob nickte. »Im Galopp!«
»Oma Rosie wird das nicht glauben«, meinte Brian. »Hier hat es bestimmt noch nie einen Einbruch gegeben.«
»Außerdem gibt es auf dem Hof doch gar nichts zu holen«, sagte Ashlyn.
»Vielleicht doch«, entgegnete Justus. »Habt ihr beide eure Rätselkopien auf dem Dachboden liegen lassen oder habt ihr sie mit ins Haus genommen?«
Brian und Ashlyn sahen sich erschrocken an.
»Ich …«, fing Ashlyn an. »Also ich habe meine Zettel auf den Schreibtisch im Schuppen gelegt.«
»Ich auch«, gab Brian zu.
»Warum auch nicht?«, meinte Ashlyn. »Es ist doch jetzt unsere geheime Zentrale!«
»Wir haben eben nachgesehen«, berichtete Bob. »Dort liegen keine Kopien mehr.«
»Aber das kann nicht sein!«, rief Ashlyn. »Wer sollte denn von der Zentrale wissen?«
»Und von dem Rätsel?«, fügte Brian hinzu.

»Vielleicht eine Person, die schon zwei Mal in unserer Nähe herumgeschlichen ist!«, sagte Justus. »Gestern Vormittag am Motel und heute Nachmittag auf der Hochebene.«
Brian wollte etwas entgegnen, doch Peter fiel ihm ins Wort. »Es muss jemand sein, der reiten kann und ein Pferd hat.«
Ashlyn lachte auf. »Da kommt hier so gut wie jeder infrage!«
»Fast alle Farmer haben Pferde«, erklärte Brian.
»Rosie nicht«, meinte Bob.
»Doch«, gab Brian zurück. »Die stehen jetzt nur nicht im Stall, sondern auf einer Weide in der Nähe von Onkel Walthers Haus. Unsere Tante kümmert sich um sie, wenn sie nicht gerade bei der Farmarbeit eingesetzt werden.«
»Verdächtigt ihr etwa Jonathan?« Ashlyn blickte die drei ??? scharf an. »Er ist unser Cousin! Und er ist Polizist!«
»Verdächtig sind alle Menschen, die reiten können, Zugang zu einem Pferd haben und für heute Nacht kein hieb- und stichfestes Alibi vorweisen können«, gab Justus etwas patzig zurück. »Wie steht es mit Mrs Sicktree? Kann sie reiten?«
»Miss Sicktree«, verbesserte Brian. »Sie ist nicht verheiratet. Wie es um ihre Reitkünste steht, weiß ich nicht. Bisher habe ich sie immer nur im Eiscafé gesehen.«
Nachdem sie noch eine Weile über den Einbruch geredet hatten, beschlossen sie, wieder ins Bett zu gehen.
»Und ihr habt auch ganz sicher niemandem von dem Rätsel erzählt?«, fragte Justus noch, als sie sich oben im Flur trennten.
»Ehrenwort!«, sagte Brian.
»Es ist doch unser Geheimnis!«, bekräftigte Ashlyn. »Nicht einmal Oma Rosie weiß etwas davon.«

»Dann sollten wir ihr auch besser nichts über den Einbrecher sagen«, entschied Justus. »Schließlich sind ja nur die Kopien des Rätsels gestohlen worden.«
Kurze Zeit später lagen alle wieder in ihren Betten.
»Mir ist heiß!«, murmelte Peter.
»Schade, dass wir den Einbrecher nicht erwischt haben.« Bob drehte sich auf die Seite. »Dann wären wir jetzt einen großen Schritt weiter.«
»Der Hund«, sagte Justus nach einer kurzen Gesprächspause. Bob reagierte nicht darauf. Er war anscheinend schon eingeschlafen.
»Der ist draußen, Just«, murmelte Peter. »Schlaf jetzt!«
»Old Buck hat nicht gebellt.« Justus blickte nachdenklich ins Dunkel des Zimmers.
»Na und?«, sagte Peter schlaftrunken.
Justus sparte sich eine Antwort. Seine Freunde hörten eh nicht mehr zu. Dafür lächelte er in die Dunkelheit. Ein Einbrecher war auf dem Hof gewesen, doch der Wachhund hatte nicht angeschlagen. Das konnte nur eins bedeuten: Old Buck kannte beide, den Eindringling und dessen Pferd!

Das alte Grab

Die Luft fühlte sich an, als wäre sie elektrisch geladen.
»Heute wird es donnern!«, verkündete Rosie Wrenwick beim Frühstück. Obwohl sie gerade ein frisch gebratenes Rührei auftischte, hatte keiner so recht Appetit. Das mochte am Wetter liegen, an der unruhigen Nacht oder daran, dass sie alle darauf brannten, endlich mit dem Rätsel weiterzukommen.
»Hat der Sheriff schon angerufen?«, wollte Brian wissen.
Rosie stellte die Pfanne ab. »Weswegen denn?«
»In Brownleaves sind doch Bullen entlaufen«, erklärte Ashlyn. »Wir haben ihn gestern drüben beim Broken Nose Jump getroffen. Er schien von deinem Hof zu kommen.«
»Stimmt. Ich habe sein Auto gesehen«, bestätigte Rosie. »Aber nur aus der Ferne. Ich war mit dem Traktor unterwegs. Gut, dass er euch gefunden und gewarnt hat!«
»Dann ist heute wohl keine weitere Fahrradtour angesagt.« Brian seufzte. »Dürfen wir uns stattdessen den Pick-up ausleihen und ins Museum gehen?«
Rosie überlegte kurz. Dann schüttelte sie den Kopf. »Ich brauche den Wagen heute Vormittag, um in Sorrow ein paar Einkäufe zu erledigen. Heute Nachmittag könnt ihr ihn aber gern benutzen.«
»Und was ist mit dem Geländewagen?« Brian ließ nicht locker.
»Den braucht Walther«, sagte Rosie bestimmt.
Bob war enttäuscht. Wenn sie erst am Nachmittag mit der Recherche begannen, könnten sie frühestens am nächsten

Tag wieder zur Hochebene fahren. Bis dahin hatte der geheimnisvolle Unbekannte schon einen gehörigen Vorsprung. Die Laune des dritten Detektivs wurde auch nicht besser, als er bei der Verteilung der Arbeiten zum Abwasch verdonnert wurde. So stand er kurz darauf in der gemütlichen Wohnküche seiner Großtante und schrubbte Frühstücksteller ab. Rosie saß unterdessen am Küchentisch und schrieb eine Einkaufsliste. Als sie schließlich aufsah, war Bob gerade bei den Bechern angelangt.

»Alles in Ordnung?«, fragte sie, als sie das Gesicht ihres Großneffen sah.

»Jaja«, gab Bob eilig zurück.

Aber Rosie schien seine Gedanken erraten zu haben. »Keine Sorge. Ihr sollt nicht die ganzen Ferien mit Arbeit zubringen. Ich verspreche dir, dass ihr genug Zeit finden werdet, die Gegend zu erkunden.«

»Wir können ja wegen der Rinder eh nicht weit weg«, gab Bob zurück.

»Die wird man schon wieder einfangen«, sagte Rosie aufmunternd. »Seid ihr gestern auf die Hochebene gestiegen?«

Bob stellte einen triefenden Becher auf das Abtropfgestell neben der Spüle. »Nur kurz, bis Sheriff Stone kam.«

»Dann solltet ihr in den nächsten Tagen unbedingt noch einmal einen Ausflug dorthin machen.« Großtante Rosie faltete ihren Einkaufszettel ordentlich zusammen und legte ihn in einen Korb, der auf dem Küchentisch stand. »Als ich noch ein Kind war, bin ich oft mit meinen Freunden oben gewesen. Für uns war es ein magischer Ort. Vielleicht lag das daran, dass mein großer Bruder uns immer unheimliche Geschichten über die Bisonjagd und den Grabhügel erzählt hat.«

»Grabhügel?« Bob wurde hellhörig. »So etwas haben wir gar nicht gesehen.«

»Er liegt auf der Nordseite der Hochebene. Ein ganzes Stück vom Broken Nose Jump entfernt.« Großtante Rosie lächelte, während sie sich an längst vergangene Zeiten erinnerte. »Irgendwann in grauer Vorzeit gab es dort eine Begräbnisstätte. Die Ureinwohner müssen unter großen Anstrengungen Felsblöcke aufgeschichtet haben, um besonders hochrangige Tote zu beerdigen. Mein Bruder wollte uns weismachen, dass an dem Ort die Geister von verstorbenen Häuptlingen umgehen.«

»Sind diese Felsblöcke denn noch da?«, fragte Bob.

»Ein Grab war damals noch recht gut erhalten«, gab Rosie Auskunft. Sie lächelte erneut. »Wie oft haben wir dort abends ein Lagerfeuer gemacht. Es war schön und unheimlich zugleich.« Ihre Redseligkeit wurde vom Klappen der Haustür unterbrochen. Kurz darauf trat Jonathan Wrenwick in seiner beigefarbenen Uniform in die Küche. Der junge Mann winkte Bob zu und begrüßte seine Großmutter mit einer Umarmung.

»Mrs Sutton hat mir das hier für dich mitgegeben.« Jonathan stellte eine Tasche auf den Tisch, die anscheinend mit Gemüse gefüllt war. »Ihre Schafe sind gestern wieder einmal ausgebrochen. Ich war den ganzen Nachmittag beschäftigt, die Tiere wieder einzufangen. Eines davon ist bis zur Hauptstraße gelaufen. Dafür haben die Suttons mich anschließend zum Abendessen eingeladen.«

Rosie lachte. »Na, so scheinst du nicht in die Verlegenheit zu kommen, jemals kochen zu müssen.«

»Das war gestern ja ein richtiger Ausbruchtag.« Bob hatte gerade die letzten Gabeln in die Besteckschublade gelegt und drehte sich zu Jonathan um. »Erst die Bullen aus Brownleaves und dann die Schafe!«

Jonathan winkte ab. »Das mit den Bullen war falscher Alarm. Ein Arbeiter hatte sie lediglich auf eine andere Weide getrieben. Die Entwarnung kam schon eine halbe Stunde später. Aber da waren dann schon die Schafe unterwegs.«

»Wirklich?« Bobs Stimmung hatte sich in den letzten Minuten erheblich gebessert. Zum einen wegen der äußerst interessanten Information über den Grabhügel, zum anderen drohte nun keine Gefahr mehr durch frei laufende Bullen. Er erledigte den Rest der Küchenarbeit in Rekordzeit und eilte dann hinaus, um seinen Freunden von den Neuigkeiten zu berichten. Wie erwartet waren auch Justus und Peter begeistert.

»Ein Grabhügel!« Justus stellte die Heugabel beiseite, mit der er die letzte halbe Stunde gearbeitet hatte. »Das wirft ein vollkommen neues Licht auf den Rätselsatz mit dem ›Jenseits‹! Gut möglich, dass Thomas Greenhow auf diesen Ort hinweisen wollte.«

»Wir sind hier so gut wie fertig.« Peter zupfte sich ein paar verirrte Strohhalme vom Hemd. »Wir sollten Rosie fragen, ob wir bis zum Mittag eine Pause machen dürfen!«

Dieses Mal willigte Rosie Wrenwick ein. Allerdings nur, was die drei ??? betraf. Ashlyn und Brian mussten mit ihr nach Sorrow fahren und ihr bei den Großeinkäufen helfen. Ent-

täuscht fuhren die Geschwister mit ihrer Großmutter davon, die den Jungen durchs Autofenster noch einmal zurief, dass sie den Himmel wegen des angekündigten Gewitters im Auge behalten sollten.
Die drei ??? bestiegen die Fahrräder.
»Was machen wir eigentlich, wenn wir auf den Einbrecher treffen?«, fragte Peter, als sie bereits die Hälfte der Strecke zurückgelegt hatten.
»Gute Frage«, gab Bob unsicher zurück.
Justus blickte entschlossen auf den Weg vor ihnen. »Wenn wir das Rätsel lösen wollen, werden wir früher oder später sicherlich auf diese Person treffen. Das wird sich kaum vermeiden lassen. Da wir jedoch schon gestern auf der Hochebene auf unseren unbekannten Schattenmann – wenn er es denn war – getroffen sind, gehe ich davon aus, dass er diesen Ort bereits untersucht hat.«
»Falls er damit fertig geworden ist«, warf Bob ein.
»Es steht euch frei, wieder zur Farm zu fahren und die Hühner zu füttern«, rief Justus seinen Kollegen zu. Dann trat er kräftig in die Pedale und düste in Richtung der Felsen davon.

Auf der Hochebene wehte kein Wind. Die Luft lag drückend über den Felsen. Der weite Himmel lag wie eine Schicht Blei über den Jungen. Noch war von dem Unwetter nichts zu sehen, aber jeder von ihnen konnte spüren, dass es sich anbahnte. Justus, Peter und Bob suchten zielstrebig nach dem Grabhügel. Dabei durchquerten sie kleine Senken mit Moos und Flechten, kletterten über Findlinge und stiegen über umgekippte Kiefern hinweg. Als Bob ein paar kleinwüchsige

Birken erreichte, sah er die Steine. Sie waren groß, flach und kunstvoll aufgeschichtet.
»Das Grab!«, entfuhr es Peter, der dicht hinter dem dritten Detektiv gegangen war.
Die Jungen gingen zwischen den Birken hindurch und gelangten auf steinernen Untergrund. Sie befanden sich auf einem großen Felsvorsprung.
»Man kann von hier bis zum nächsten Ort sehen!« Bob deutete in die Ferne.
Justus inspizierte unterdessen die Grabstätte. Hier waren die Steine so aufgeschichtet, dass sie eine Art Unterschlupf bildeten. Durch eine schmale Öffnung an der Vorderseite konnte man ins Innere spähen. Der Erste Detektiv erkannte im Zwielicht Sand und ein paar kleinere Steinchen. Knochen gab es offenbar keine mehr.
»Haltet ihr auch schön inne und denkt nach?«, fragte Peter nach ein paar Minuten. »Bisher habe ich jedenfalls noch keine Eingebung, wo dieser Ameisenhaufen gewesen sein könnte.« Er drehte sich langsam um seine eigene Achse. »Bestimmt nicht so dicht am Abhang. Aber vielleicht dort drüben, bei den Birken.«
»Oder irgendwo dort unten in der Tiefebene.« Bob wies über die Kante des Felsvorsprungs.
»Dann würde das Rätsel aber nicht funktionieren«, warf Peter ein. »Wenn man tatsächlich vor dem Grab sitzen und herumschauen soll, müsste man den Haufen auch von hier aus sehen können.«
»Und doch liegt es nahe, letzten Endes wieder hinunterzusteigen«, mischte sich Justus in das Gespräch ein.

»Wieso denn?«, kam es fast zeitgleich von seinen beiden Freunden.

»Wegen der ›Geschwister Pinus und Ponderosa‹, die Greenhow in seinem Rätsel erwähnt.« Justus beschirmte seine Augen mit einer Hand und blickte in die Tiefebene. »Ich muss wirklich ein Brett vor dem Kopf gehabt haben. Dieser Teil des Rätsels ist nämlich sehr leicht. Zumindest für Leute, die sich etwas in Botanik auskennen.«

»Also nicht für mich«, gab Peter zu.

»Schieß schon los, Just«, sagte Bob gespannt. »Was verbirgt sich dahinter?«

Peter grinste. »Bestimmt keine Palme.«

»Da liegst du richtig«, sagte der Erste Detektiv, als hätte Peter seinen Kommentar ernst gemeint. »Pinus ponderosa ist der wissenschaftliche Name für die Gelbkiefer. Auch bekannt als Goldkiefer.«

»Passend zum Schatz«, warf Bob ein.

»Wie auch immer«, fuhr Justus unbeirrt fort, »ich nehme an, dass wir zwei Exemplare dieser Art suchen müssen. Das könnte sogar jetzt noch funktionieren, da Kiefern mehrere hundert Jahre alt werden können.«

»Allerdings wäre für die weitere Suche ein Bestimmungsbuch ganz praktisch«, meinte Bob. »Hier gibt es ja alle möglichen Kiefernsorten. Kannst du die auseinanderhalten?«

»Nun …« Justus zögerte. »Zu einem gewissen Grad schon. Ich bin mir fast sicher, dass hier oben keine Gelbkiefern wachsen. Ich habe diese Bäume als recht hoch in Erinnerung, während die Exemplare hier eher das kleinwüchsige, krumme Erscheinungsbild von Küstenkiefern haben.«

»Küstenkiefern? Die nächste Küste ist so weit weg, dass mein Surfer-Herz blutet«, bemerkte Peter skeptisch.
»Ich sagte deshalb auch, dass sie das Erscheinungsbild von Küstenkiefern haben«, verteidigte sich Justus. »Nicht, dass es welche sind.«
»So kommen wir nicht weiter«, meinte Bob. »Wenn man von hier oben auf das Land blickt, sieht man überall Kiefern, vereinzelte oder sogar ganze Haine. Da können wir lange suchen. Besonders, wenn wir nicht genau wissen, wie diese Pinus ponderosa aussieht.«
»Vielleicht sind die beiden Ponderosas aus dem Rätsel auch längst in einem Kamin gelandet«, verkündete Peter unheilvoll. »Oder sie sind mittlerweile ein Weidezaun, Frühstücksbrettchen, Dachlatten oder was man sonst noch so aus Holz machen kann.«
»Das Rätsel ist so aufgebaut, dass man es Schritt für Schritt lösen muss«, erklärte Justus gelassen. »Wenn wir wissen, wo wir als Nächstes hinmüssen, können wir auch den Bereich eingrenzen, in dem die Kiefern stehen.«
Peter sah den Ersten Detektiv zweifelnd an. »Dann brauchen wir aber viel Glück! Diese Sache mit den Ameisen ist echt schwierig! Wieso musste Greenhow auch unbedingt ein Wegzeichen wählen, das wegkrabbeln kann?«

Im Museum

Brian und Ashlyn waren enttäuscht, dass die drei ??? ohne ihre Hilfe einen Schritt weitergekommen waren.

»Wir durften nur in den endlosen Weiten des Giganto-Marktes nach Milch, Mehl und Waschpulver suchen«, beschwerte sich Ashlyn, als sie alle wieder auf der Farm waren und die Einkäufe in die Schränke räumten. »Omas Liste war bestimmt über einen Meter lang. Am Ende haben wir zwei Einkaufswagen gebraucht. Und die Dinger im Giganto-Markt sind riesig.«

»Es war harte Arbeit«, fand auch Brian. »Dafür haben wir uns echt einen Milchshake verdient.«

»Das passt gut«, meinte Justus. »Wir sollten eure Großmutter fragen, ob wir gleich losfahren dürfen.«

»Oma sucht gerade draußen nach Buck«, sagte Brian. »Während wir alle weg waren, hat er sich wohl ein neues Geheimversteck gesucht.«

Der Hund interessierte den Ersten Detektiv in diesem Moment weniger. Er war in Gedanken bereits einen Schritt weiter. »Dann können wir auch gleich diese Priscilla Sicktree unter die Lupe nehmen, bevor wir unsere Recherche machen.«

»Brauchen wir das Museum denn überhaupt noch?« Brian stellte eine Großpackung Cornflakes auf die Arbeitsplatte. »Das Rätsel mit dem Grab ist doch gelöst.«

»Er hat recht«, gab Peter zu.

»Bei dem drohenden Unwetter wäre es unklug, noch weiter

in der Natur umherzufahren«, entgegnete Justus. »Und wir sollten sowieso beratschlagen, wie wir weiter vorgehen wollen. Das können wir auch bei einem großen Eis oder Milchshake tun. Abgesehen davon haben wir nach wie vor keinerlei Informationen über Greenhow.«
»Die helfen uns bei den Ameisen aber auch nicht weiter«, meinte Peter.
»Es ist immer gut, Hintergrundwissen zur Verfügung zu haben«, sagte Ashlyn in einer perfekten Imitation von Justus' Tonfall.
Bob lachte. »Klar. Ich bin auch dafür, einen Recherchenachmittag einzulegen. Mit vielen Informationen und dazu einer Extraportion Sahne.«
Rosie Wrenwick händigte ihrem Enkel ohne Zögern die Autoschlüssel aus, erinnerte alle nur noch einmal daran, dass sie vor dem Unwetter wieder auf dem Hof sein sollten. Sie selbst wollte mit ihrem Sohn und ein paar Helfern die Rinder zusammentreiben, bevor der Gewittersturm losbrach.

In Nothing steuerten die fünf zunächst das Eiscafé *Nirgendwo* an. Priscilla Sicktree begrüßte sie freundlich und nahm die Bestellung entgegen. Neue Vorhersagen gab sie heute nicht zum Besten. Nachdem sie alles auf ihrem Block notiert hatte, ging sie weiter zum Nachbartisch. Dort saß jemand, den die drei ??? schon einmal gesehen hatten. Es war Mr Smith, der Vertreter für Futtermittel. Als er die Jugendlichen erkannte, nickte er ihnen knapp zu. Dann bezahlte er bei Miss Sicktree einen Kaffee und einen Donut, stand auf und ging.
»Ob er reiten kann?«, fragte Bob leise.

»Sieht nicht so aus«, meinte Ashlyn. »Das ist so ein richtiger Anzugtyp.«
»Man sollte nie leichtfertig vom Aussehen der Menschen auf ihre Fähigkeiten schließen«, mahnte Justus. »Mr Smith scheint regelmäßig in der Gegend zu sein. Er kennt sich also aus und weiß bestimmt auch, wo er ein Pferd leihen oder sogar heimlich entwenden kann.«
»Abgesehen davon scheint er heute einen leichten Sonnenbrand zu haben«, bemerkte Bob. »So, als wäre er gestern Nachmittag länger an der frischen Luft gewesen. Lediglich die Augen haben eine hellen Rand. Das könnte auf eine Sonnenbrille hinweisen.«
»Hatte der Typ auf der Hochebene nicht eine Sonnenbrille auf?«, fragte Peter.
»Ja … schon.« Brian sah zu dem Vertreter, der auf der anderen Straßenseite in einen grauen Wagen stieg. »Aber woher sollte Mr Smith von dem Rätsel wissen?«
»Von den Kopien, die Ashlyn angefertigt hat.« Justus sah Brians Schwester streng an. »Du hattest sie im Büro liegen lassen, nicht wahr?«
Ashlyn wurde rot. »Ja, neben dem Kopierer. Aber da befanden sich auch Briefe, Umschläge, Rechnungen und anderer Kram. Es war wirklich nicht sehr auffällig. Und ich konnte doch nicht wissen –«
»Erste Detektivregel«, sagte Justus in belehrendem Tonfall, »lasse wichtige Dokumente niemals unbeaufsichtigt liegen.«
»Neulich lautete die erste Detektivregel aber noch anders«, versuchte Peter Ashlyn in Schutz zu nehmen. »Und so wichtig –«

»Es ist wichtig!«, sagte Justus voller Nachdruck. »Es war ein Fehler, so leichtfertig mit dem Rätseltext umzugehen! Zuerst befand er sich in einem Büro, in dem mehrere Menschen frei ein und aus gehen konnten, dann lag er ungeschützt in einem Schuppen herum. Wohlgemerkt einem Schuppen, der nicht einmal abgeschlossen wird! Einem Schuppen, der auch noch gegenüber dem Bürofenster liegt.«
Nun blickte auch Bob das Mädchen ernst an. »So konnte man vom Haus aus sehen, wie du mit den Zetteln über den Hof gelaufen und im Schuppen verschwunden bist. So viel zum Thema ›Geheime Zentrale‹.«
Ashlyn starrte auf die Tischplatte hinab. »Ich … Es war doch wirklich nicht …«
»Man denkt ja normalerweise nicht daran, dass harmlose Mitmenschen zu Einbrechern werden«, verteidigte Brian seine Schwester.
»Regel Nummer zwei«, zählte Justus auf, »vertraue niemandem.«
Brian stöhnte auf. »Ist das nicht etwas übertrieben? So muss man ja ständig alles und jeden infrage stellen!«
»Wenn es um einen Goldschatz geht, ist das durchaus angebracht.« Justus sah Priscilla Sicktree entgegen, die ein Tablett mit Milchshakes zu ihnen trug. Eilig zischte er den anderen zu: »Und jetzt kein Wort mehr über den Einbruch.«

Sie tranken schweigend, zahlten und verließen das Café. Ashlyn war noch immer sichtlich geknickt. Brian und die drei ??? waren jeder in ihre Gedanken versunken. Der Mann, der ebenfalls im Eiscafé arbeitete, hatte Justus auskunftsfreudig bestätigt, dass Priscilla Sicktree vor zwei Tagen ganz regulär ihre Schicht verrichtet hatte. Dabei war sie vom Frühstück bis zum Nachmittag im Café gewesen. Auch am Vortag hatte sie bis auf eine kurze Pause um die Mittagszeit im *Nirgendwo* gearbeitet. Damit war klar, dass sie weder am Motel noch auf der Hochebene gewesen sein konnte. Abgesehen davon bestand Brian darauf, einen Mann gesehen zu haben. Justus überlegte, wie es sich mit Mr Smith verhielt. Der Vertreter war eine gute Stunde vor dem gemeinsamen Mittagessen auf den Hof gekommen. Hätte er davor überhaupt genug Zeit gehabt, Brian auf der Suche nach dem Tagebuch zu beschatten? Und wenn er tatsächlich erst durch die Kopien im Büro von dem Rätsel erfahren hatte, ergab das sowieso keinen Sinn. Er hätte dann ja am Vormittag noch gar nichts von dem Schatz gewusst.

Diese Gedanken teilte Justus auch Peter und Bob mit. Brian und Ashlyn waren noch schnell zum Schuster gelaufen, um eine weitere Besorgung für ihre Großmutter zu erledigen. Die hielt ihre Enkel ganz schön auf Trab. Aber die drei ??? schätzten es, in Ruhe reden zu können.

»Und wie steht es mit den anderen Leuten, die eventuell im Büro waren?«, erwog Bob.

»Brian hat einen Mann gesehen. Damit scheidet deine Großtante aus«, antwortete Justus. »Abgesehen davon hätte sie nicht in ihren eigenen Schuppen einbrechen und dann fliehen müssen. Sie hätte die Kopien auch bequem nach dem Abendessen einsammeln können.«

»Dass du sie überhaupt verdächtigst!«, sagte Bob entrüstet. »Sie ist eine nette ältere Dame.«

»Wie ich bereits einmal sagte, müssen wir alle Möglichkeiten in Betracht ziehen«, entgegnete Justus. »Rosies Enkel Jonathan kommt aber eher infrage. Besonders, weil seine Familie eigene Pferde besitzt.«

»Dafür hat er für den Nachmittag und den frühen Abend ein Alibi«, warf Bob ein. »Er musste Schafe einfangen.«

»Und der Sheriff konnte auch nicht auf der Hochebene sein, weil er uns mit dem Auto aus der anderen Richtung entgegenkam«, fügte Peter hinzu.

»Bleiben nur Mr Smith und Walther«, fasste Justus zusammen. »Und die Frage, ob Buck Mr Smith mitten in der Nacht aufs Gelände gelassen hätte.«

»Stimmt«, meinte Bob. »Der Vertreter ist für den Hund beinahe ein Fremder. Walther hingegen kommt fast täglich auf den Hof.«

Sie brachen die Diskussion über die Verdächtigen ab, da Brian und Ashlyn wieder auf die Straße traten. Sie hätten es vermutlich nicht gut gefunden, dass die drei ??? neben dem Vertreter für Futtermittel ausgerechnet noch ihren Onkel im Visier hatten.

Gemeinsam gingen sie zum Museum, das nur ein paar Häuser weiter lag. Es handelte sich um einen flachen Bau, in dem auch eine Art Tourismusbüro und zwei Veranstaltungsräume untergebracht waren. Wie ein paar bunte Plakate verkündeten, würde Tamara Hickcow am Wochenende melancholische Songs der Prärie aus ihrem neuen Album »Beyond the Railroad« zum Besten geben, begleitet von der Blue Mountain Thunder Band. Außerdem wurde mit dem Foto eines schwarzhaarigen Sängers und DJs geworben, der ange-

strengt in die Kamera lächelte und seine besten Tage schon hinter sich gelassen hatte. Sein Programm »Chica, chica, para ti!« sollte laut Aushang sowohl exotisch als auch mitreißend sein. Bob, der hin und wieder bei einer Musikagentur jobbte, musste grinsen. Die coolen Bands, die in Los Angeles und sogar bei ihnen in Rocky Beach auftraten, hatten von dem Ort Nothing bestimmt noch nie gehört. Hier schien man eher ein betagteres Publikum ansprechen zu wollen.
Die ältere Dame, die im Museum arbeitete, bestätigte Bobs Verdacht. »Der ist richtig gut!«, schwärmte sie. »Wir freuen uns schon sehr auf die Show.« Dann erkannte sie Ashlyn und Brian. »Was macht eure Großmutter? Ich hoffe, sie backt wieder ein paar Kuchen für das Sommerfest. Grüßt sie von mir und bittet sie, mich die nächsten Tage mal anzurufen.«
»Das machen wir, Mrs Trully«, versprach Brian.
»Wunderbar.« Mrs Trully lächelte breit. »Und wie geht es Jonathan?«
»Ganz gut«, antwortete Brian. »Außer … Aber das wissen Sie bestimmt. Das Sheriff-Büro ist –«
»Ja, es ist eine Schande!«, fiel ihm die ältere Dame ins Wort. »Man muss sich wirklich fragen, wohin das alles führen soll.«
Brian trat ungeduldig von einem Fuß auf den anderen. »Mrs Trully, wir würden gern –«
»Judy Barnes kenne ich, seit sie zur Schule gegangen ist«, redete Mrs Trully unbeirrt weiter. »Damals gab es in Nothing noch eine Schule. Eine sehr gute sogar.«
Brian versuchte es erneut. »Wir –«
»Ich habe mich hier in Nothing immer sicher gefühlt.« Die Frau seufzte. »Es fehlt nur noch, dass die uns auch das Mu-

seum schließen. Das kennt man doch. Ein paar Jahre noch und hier gibt es nicht mal mehr eine Tankstelle. Nothing wird im Nichts verschwinden!« Sie machte eine kleine Pause, die Ashlyn sofort ausnutzte.

»Wir wollen unseren Freunden das Museum zeigen«, sagte sie schnell.

»Na, dann macht das mal«, antwortete Mrs Trully gutmütig. »Ihr beiden kennt euch ja gut aus!«

»Wart ihr schon oft hier?«, fragte Bob, als sie an Schaukästen, vergilbten Landkarten und Schwarz-Weiß-Fotos vorbeigingen.

»Ab und zu mal«, gab Ashlyn zurück.

»Wovon hat die Dame eben eigentlich gesprochen?«, wollte Justus wissen. Er blieb vor ein paar Stoffwänden stehen, auf denen eine Fotoausstellung den Steinbruch im Laufe der Jahre zeigte. Es gab ein großes Farbfoto von dem türkisblauen See, der sich nach dem Erdbeben gebildet hatte.

»Ach, das ist so ein Dauerthema in der Gegend.« Brian winkte ab. »Letztes Jahr hat ein großer Supermarkt in Nothing zugemacht, danach noch ein paar kleine Läden und ein Restaurant. Die jungen Leute wandern in die großen Städte ab und es gibt kaum Menschen, die hierherziehen.«

»Deswegen leben hier auch so wenig Kinder und Jugendliche«, sagte Ashlyn bedauernd. »Mittlerweile müssen die paar, die es hier noch gibt, in Prudence in den Kindergarten und zur Schule gehen.«

»Damit haben viele kleine Orte zu kämpfen«, bestätigte Justus. »Oder sie erleben das Gegenteil und mutieren langsam zu Großstädten.«

Bob sah sich unterdessen um. »Ich denke, ich sollte langsam mal mit den Recherchen anfangen. Wer weiß, wie viel Zeit wir noch haben.«

»Stimmt.« Peter blickte aus dem Fenster in den bewölkten Himmel. »Beeilen wir uns. Gesucht werden Informationen über Gelbkiefern, die Gegend im Jahr 1865, Ameisen und über Thomas Greenhow, richtig?«

»Nicht so laut«, raunte Bob. Er sah sich um. »Ich glaube, wir werden belauscht!«

Keine Ameisen und ein Unwetter

Justus versuchte, sich möglichst unauffällig umzudrehen. Dabei konnte er aus den Augenwinkeln noch sehen, wie die rundliche Statur von Mrs Trully hinter einem der Regale verschwand.

»Sie ist schrecklich neugierig«, wisperte Ashlyn den Jungen zu. »Vielleicht hofft sie, durch uns neue Gerüchte aufzuschnappen.«

»Oder sie ist auch hinter dem Gold her«, raunte Peter.

Justus legte einen Finger an die Lippen. »An die Arbeit. Wir besprechen uns dann später.«

Sie suchten schweigend nach Hinweisen, die ihnen helfen konnten. Bob entdeckte in einem Regal ein paar Bücher über Tiere und Pflanzen der Gegend. Darin waren auch Gelbkiefern abgebildet. Er machte mit seinem Handy mehrere Fotos. Dann wandte er sich einem Schaukasten zu, in dem alte Zeichnungen aus dem 19. Jahrhundert auslagen. Peter suchte gemeinsam mit den Geschwistern nach Informationen über Thomas Greenhow, fand jedoch nichts. Als er nach einiger Zeit frustriert von einem Verzeichnis mit Namen aufsah, bemerkte er, dass Justus verschwunden war. Er fand den Ersten Detektiv im Nachbarraum vor einem Computer. Es handelte sich um ein altes Modell, das gerade ratternd hochfuhr.

»Dies ist der öffentliche Internetzugang für den Senioren-Club«, erklärte Justus. »Mrs Trully hat mir erlaubt, ihn zu benutzen.«

Peter stand unschlüssig hinter dem Ersten Detektiv. »Bob hat im Internet doch nichts über Greenhow gefunden.«
»Ich will etwas ganz anderes nachschauen«, erklärte Justus. »Du kannst ruhig mit deinen Recherchen fortfahren. Ich komme gleich wieder zu euch.«
Peter schlenderte zurück in den großen Museumsraum. Mittlerweile hatten Ashlyn und Brian ihre Suche aufgegeben. Bob hingegen schien fündig geworden zu sein. Er winkte den anderen zu. Dann flüsterte er: »Ich habe etwas!«
»Erzähl uns das lieber draußen«, meinte Brian. Er deutete auf eine Glastür, die zu einem länglichen Innenhof führte. Dort standen ein Tisch und eine Bank.
»Kann uns hier jemand zuhören?«, flüsterte Bob.
»Da drüben ist die Rückseite der Bäckerei«, meinte Brian. »Die haben aber schon geschlossen. Und das Reisebüro am anderen Ende steht leer. Da ist bestimmt niemand.«
»Das Haus gegenüber ist das Sheriff-Büro.« Ashlyn deutete auf einen grauen Bau, dessen untere Fenster zur Sicherheit vergittert waren.
»Die Sekretärin sitzt auf der gegenüberliegenden Seite«, sagte Brian. »Sheriff Stone trinkt um diese Zeit immer seinen Kaffee im *Nirgendwo* und unser Cousin Jonathan ist unterwegs und verfolgt Waschbären und Falschparker.«
»Ausnahmsweise ist das wohl mal ein sicherer Ort für eine Besprechung«, verkündete Ashlyn.
»Sehr gut.« Bob entspannte sich etwas. »Ich habe nämlich eine Spur.«
Peter sah seinen Freund erwartungsvoll an. »Sag bloß, du weißt, wo der Ameisenhaufen war.«

»Nein«, gab Bob zu. »Ameisen kamen bei meiner Recherche nicht vor. Das war aber auch nicht nötig.«
Die anderen sahen ihn fragend an.
»Justus hat eine wirklich gute Überlegung angestellt, als er das fleißige Volk mit der Königin als Ameisenkolonie deutete«, erklärte Bob. »Aber wir dürfen nicht vergessen, dass auch Justus nicht unfehlbar ist.«
»Sind es denn keine Ameisen?«, fragte Peter verdutzt.
»Vermutlich nicht. Ich habe herausgefunden, dass es unter den Siedlern damals einen Imker gab«, sagte Bob sichtlich zufrieden.
»Bienen!«, rief Peter. »Natürlich! Die haben ebenfalls eine Königin! Und fleißig sind sie auch.«
Bob schaute auf seinen Notizblock. »Im Jahr 1865 lebte ein Mann namens John Fulton auf einem Hof nordöstlich der Hochebene. Er hatte dort eine ganze Reihe Bienenstöcke stehen. Hier.« Er hielt den anderen das Handy hin. Man sah eine vergilbte Zeichnung, die Bob abfotografiert hatte. Darauf war ein Mann mit einem großen Imkerhut auf dem Kopf neben mehreren Bienenkörben zu sehen. »Das Bild war in einem der Kästen ausgestellt. Auf dem Display kann man es nicht so gut erkennen, aber im Hintergrund sind …«, er machte eine bedeutungsvolle Pause, »zwei Kiefern abgebildet.«
»Ich fasse es nicht!«, staunte Peter. »Dann hast du gerade wohl mit einem einzigen Bild zwei Rätselteile auf einmal gelöst, Bob!«
»Wo genau befanden sich denn diese Bienenstöcke?«, wollte Ashlyn wissen. Sie beugte sich neugierig über das Handy.

»Ich habe versucht, die Angaben aus dem Infotext über Fulton mit alten Karten abzugleichen«, berichtete Bob. »Der Imker müsste am Fuß eines Hügels gelebt haben, der zum heutigen Steinbruch hinaufführt.«
»Ich dachte, den Steinbruch gab es damals noch nicht«, warf Peter ein.
»Das ist richtig.« Bob nickte. »Greenhow schreibt allerdings, dass man ›Schutz suchen‹ soll.«
»Unter Bäumen?«
»Oder unter der Erde«, sagte Bob. »Die Karten zeigen mehrere Höhlen im näheren Umkreis.«
In diesem Moment trat Justus auf den Innenhof. Er sah sehr ernst aus.
»Hast du deine Recherche beendet?«, fragte Peter.
»Ja«, gab Justus sparsam Auskunft.
»Und?« Bob sah zu dem Ersten Detektiv auf. »Warst du erfolgreich.«
Justus nickte nur.
»Wir sind auch einen Schritt weiter!«, berichtete Ashyln strahlend. »Stell dir vor, wir haben wieder einen Teil des Rätsels gelöst.«
»Genauer gesagt war es Bob«, gab Brian zu.
Der Erste Detektiv nickte erneut. Dann sah er zum Himmel hinauf. »Das Unwetter wird nicht mehr lange auf sich warten lassen. Es wird Zeit, zur Farm zurückzufahren.«
»Ist alles in Ordnung?«, fragte Bob leise, als sie den Innenhof verließen.
»Das kommt auf den Betrachtungswinkel an«, sagte Justus kurz angebunden. »Wir reden später.«

»Grüßt mir Rosie!«, rief Mrs Trully, als sie den Ausgang ansteuerten. »Erinnert sie an die Kuchen! Und fahrt vorsichtig! Es soll ein Gewitter geben.« Sie lächelte Justus besonders freundlich an. »War nett, mit dir zu plaudern, Junge. Komm doch bald mal wieder vorbei!«
Bob hätte seinen Freund zu gern gefragt, was er mit Mrs Trully besprochen hatte. Doch eines wusste er ganz genau: Wenn Justus so wortkarg war wie jetzt, war jeder Gesprächsversuch ein aussichtsloses Unterfangen. Der Erste Detektiv würde seinen Freunden schon zu gegebener Zeit berichten, was er erfahren hatte. Und bis dahin blieb ihnen nichts anderes übrig, als zu warten.

Als Brian den alten Pick-up anließ, grollte in der Ferne bereits der Donner. Das Auto startete ohne Fehlzündung, auch auf dem Hinweg hatte es keinerlei Probleme gemacht. Peter hatte den Schaden tatsächlich beheben können. Auf der Hauptstraße begannen die Flaggen an den Geschäften plötzlich zu flattern. Eine leere Getränkedose rollte über den Asphalt.
»Da kommt Wind auf!«, stellte Bob fest.
Schon bald war klar, dass es sich nicht nur um Wind handelte, sondern um einen handfesten Sturm. Der Himmel verdunkelte sich zusehends. Erste Tropfen fielen auf die Windschutzscheibe. Brian hatte die Fenster des Pick-ups geöffnet, da der Wagen keine funktionierende Klimaanlage besaß. Heulend zog feuchtwarme Luft durch die Fahrerkabine. Die Grillen auf den Feldern zirpten hektisch, als müssten sie vor dem Regenguss noch einmal richtig Lärm machen.

Gerade als der Wagen auf den Hof fuhr, wandelten sich die Tropfen zu einem heftigen Regenguss. Über den Himmel zuckte ein greller Blitz, der sich zu weißen Zickzacklinien verästelte. Trotzdem lief Bobs Großtante draußen herum. Sie hatte Regenzeug und Gummistiefel an.

»Gut, dass ihr da seid!«, rief sie ihnen entgegen. Ihre grauen Haare waren bereits klatschnass und sie sah sehr besorgt aus.

»Ist etwas passiert?«, fragte Brian erschrocken.

»Buck ist immer noch weg!«

»Er hat sich bestimmt nur verkrochen«, versuchte Ashlyn ihre Großmutter zu beruhigen.

»Ich kenne Buck, seit er ein Welpe war! Über die Jahre habe ich alle seine Verstecke entdeckt. Ich weiß, wo er hingeht, wenn er etwas Verbotenes gemacht hat, ich weiß, wo er seine Knochen versteckt und wo er Unterschlupf sucht, wenn er Angst hat.«

Brian stand ratlos mitten im Regen. Dass er nass wurde, schien ihm gar nicht aufzufallen. »Aber Buck läuft doch sonst nie weg!«

Seine Großmutter fuhr sich mit beiden Händen durch die Haare. »Genau das beunruhigt mich so.«

»Wir helfen bei der Suche!«, bot Peter an.

»Ja, wir –«, setzte Bob an. Der Rest seines Satzes ging in einem gewaltigen Donnern unter. Der Regen nahm sogar noch an Stärke zu. Erste große Pfützen hatten sich bereits auf dem Hof gebildet. Aus den Regenrinnen schwappte das Wasser. Die Rinder stampften unruhig in den Stallungen, muhten und schnaubten, während am Himmel der nächste Blitz aufleuchtete.

Kurz darauf stapften alle durch tiefen Matsch. Keinem von ihnen war wohl dabei, bei dem Gewitter draußen zu sein, aber Rosies Sorge um den Hund trieb sie an.
»Buck!«, brüllte Peter gegen den Sturm an.
»Hierher!«, schrie Bob. Dabei war er sich sicher, dass der Hund auf seine Rufe nicht reagieren würde. Wenn er sich vor lauter Angst verkrochen hatte, würde er dortbleiben, bis das Unwetter vorbei war.
Ein gewaltiger Windstoß ließ Bob beinahe vornüberkippen. Fast im selben Moment hörte er Peter hinter sich aufschreien: »Vorsicht!«

Das Geheimnis hinter dem Geheimnis

Peter machte einen Satz nach vorne, packte Bob und riss ihn mit sich zu Boden. Die Jungen prallten gegen die Wand des Schuppens und rissen im Fallen einen Besen und eine Heugabel mit sich. Dann wurde Bob vom Gewicht seines Freundes in den Schlamm gedrückt. Keinen halben Meter weiter schlug ein Stück des Stalldachs auf, das der Sturm heruntergerissen hatte.

»Das war knapp!« Bob ächzte.

»Es ist zu gefährlich hier draußen!«, rief Justus seinen Freunden zu und suchte Schutz auf der Veranda.

»Und was ist mit den Rindern?« Der Zweite Detektiv sah zum Stalldach hinauf, wo nun ein Loch klaffte.

Justus schnaubte. »Bei dem Sturm können wir eh nichts machen. Oder willst du mit einer Leiter da raufklettern und eine Plane anbringen? Dabei fliegt dir doch alles um die Ohren!«

Von dem Gepolter angelockt, erschien nun Rosie bei Peter und Bob am Schuppen. »Kommt ins Haus, schnell! Bevor noch jemand verletzt wird!«

Als sie alle in trockenen Sachen in der Küche saßen und heißen Tee tranken, war die Stimmung gedrückt. Rosie war die Sorge um ihren alten Hund deutlich ins Gesicht geschrieben. Außerdem musste sie befürchten, dass der Sturm das Stalldach abdecken würde. Und das Unwetter ließ nicht nach. Draußen war es beinahe stockdunkel und der Regen peitschte an die Fenster.

»Ich werde mich ins Büro setzen und ein paar Abrechnungen machen«, sagte Rosie schließlich. »Ich muss mich ablenken.«
Die drei ??? gingen mit Ashlyn und Brian ins obere Stockwerk. Dort gab es ein leer stehendes kleines Zimmer, von dem aus man über den Hof blicken konnte.
»Wir können nicht einmal in unsere Zentrale«, sagte Ashlyn bedauernd, als sie aus dem Fenster spähte.
»Das ist auch nicht nötig«, gab Justus zurück.
»Stimmt.« Brian machte es sich in einem alten Sessel mit bunten Häkelkissen gemütlich. »Wir können auch hier mit unseren neuen Informationen an dem Rätsel weiterarbeiten.«
Justus sah ihn düster an. »Das Rätsel erkläre ich hiermit für abgeschlossen.«
»Was?«, entfuhr es Ashlyn. Jetzt sah sie erst recht enttäuscht aus.
Auch Peter und Bob konnten ihren Ohren kaum trauen. »Wieso, Erster?«
»Ich habe im Museum meine eigenen Recherchen betrieben«, antwortete Justus. Seine Miene verriet, dass seine Laune auf dem Nullpunkt war. »Zunächst bin ich einer Eingebung gefolgt und habe ein Datum überprüft.«
»Was für ein Datum?«, wollte Peter wissen.
»Greenhow hat das Tagebuch angeblich im Jahr 1865 geschrieben. Wie ich jedoch herausgefunden habe, wurde das Periodensystem der Elemente erst im Jahr 1869 erfunden. Wie konnte Greenhow dann auf das Symbol Au verweisen?«
»Gold wurde doch auch damals schon Aurum genannt«, antwortete Brian. »Und wir wissen gar nicht, ob er das über-

haupt gemeint hat. Vielleicht ist es ein ganz anderer Hinweis.«

»Da stimme ich Brian zu«, meinte Bob.

»Was ich aber definitiv weiß«, fuhr Justus ungerührt fort, »ist die Tatsache, dass Priscilla Sicktree früher das Kinderprogramm für das Sommerfest gemacht hat.«

Peter sah seinen Freund verwundert an. »Was hat das denn mit dem Schatz zu tun?«

»Eine ganze Menge!«, gab Justus zurück. »Ich habe mich mit Mrs Trully unterhalten. Sie war sehr auskunftsfreudig. Auf diese Weise habe ich erfahren, dass es bis vor zwei Jahren neben Angeboten wie Ponyreiten, einem Karussell und Dosenwerfen auch immer eine Abenteuerschatzsuche gab. Priscilla Sicktree hat sich ein Rätsel ausgedacht, den Kindern dazu eine spannende Geschichte erzählt und sie dann auf dem Gelände einer alten Farm auf die Suche geschickt.«

»Kann ja sein«, gab Brian zu. »Aber das ist doch unwichtig!«

»Ist es nicht!«, widersprach der Erste Detektiv energisch. »Mrs Trully hat mir stolz Zeitungsberichte und Fotos gezeigt. Vor zwei Jahren hat niemand Geringeres als Ashlyn die Schatzsuche gewonnen.«

»Das waren aber Schokoladentaler!«, verteidigte sich das Mädchen. »Kein echtes Gold.«

»Seltsam nur, dass die Schatzsuche damals ›Das Gold der Siedler‹ hieß«, sagte Justus. »Es ging um die erfundene Geschichte eines Mannes namens Thomas Greenhow, der ein Rätsel hinterlassen hatte.«

»Das klingt jetzt aber nicht mehr nach einem Zufall!«, sagte Peter tonlos.

»Es ist auch kein Zufall«, bestätigte Justus. »Genauso wenig wie die Tatsache, dass wir nach unserer Ankunft in Nothing ausgerechnet im Eiscafé auf Brian und Ashlyn warten sollten. Dort wurden wir dann gezielt von Priscilla Sicktree angesprochen.«
»Aber ihre Vorhersagen sind wirklich eingetroffen«, erinnerte Peter seinen Freund. »Denk nur an den Knall, das Blut und unseren Verfolger!«
»Du hast selbst gesagt, dass die Zündkerzen des Pick-ups stark abgenutzt waren«, erklärte Justus. »Ich hatte mich schon gewundert, dass die Leute auf der Straße sich kaum erschreckt haben. Kein Wunder: Sie kannten den Wagen und dessen Fehlzündungen. Mrs Trully hat mir bestätigt, dass Rosies Pick-up in der letzten Zeit regelmäßig Lärm gemacht hat. Brian hingegen behauptete, dass der Knall zum ersten Mal vorgekommen sei. Das war eine Lüge. Ich vermute, dass er in der Seitenstraße vom Café gezielt den Motor neu gestartet hat, um eine Fehlzündung zu provozieren.«
»Ich –«, fing Brian an, doch Justus unterbrach ihn.
»Wir haben außerdem nicht mit eigenen Augen gesehen, wie sich Ashlyn im Motel verletzt hat. Es ist gut möglich, dass sie lediglich eine alte Schramme aufgekratzt oder uns sogar mit roter Farbe getäuscht hat.«
Jetzt sahen Peter und Bob so aus, als hätte man einen Eimer Eiswasser über ihnen ausgeschüttet. Ashlyn und Brian hingegen starrten auf den Fußboden.
»Hinzu kommt die Tatsache, dass niemand von uns den geheimnisvollen Verfolger je zu Gesicht bekommen hat«, fügte Justus hinzu. »Er ist stets nur Brian begegnet.«

Der Junge erwiderte dieses Mal nichts.
»Das erklärt auch, weswegen ihr nach der Warnung vor den ausgebrochenen Bullen so unbekümmert heimradeln konntet. Es gab auf der Hochebene gar keinen Mann, den wir hätten warnen können. Dieser Fremde mit der Sonnenbrille war nichts als ein Produkt von Brians Fantasie!«
»Und von dem Gewitter wusste Priscilla durch den Landwirtschaftlichen Wetterdienst«, vermutete Bob. »Die ganzen Vorhersagen waren Teil eines Spiels!«
»Es war eine Abenteuer-Schnitzeljagd!«, stellte Justus verbittert fest. »Nur dass sie dieses Mal nicht auf dem Sommerfest stattfand. Priscilla Sicktree muss sehr erfreut gewesen sein, als Brian und Ashlyn sie um ihre Mithilfe baten. Schließlich war sie äußerst unglücklich darüber, dass die Schatzsuche vor zwei Jahren eingestellt wurde, nachdem es in Nothing immer weniger Kinder im richtigen Alter gab.«
»Wir wollten euch doch nur eine Freude machen«, sagte Ashlyn leise.
»Weil hier wirklich nie etwas passiert!«, murmelte Brian geknickt. »Als Rosie uns von euren Abenteuern als Detektive erzählt hat, wollten wir das auch einmal erleben.«
»Es gibt also gar keinen Schatz!«, stellte Peter fest.
»Jedenfalls keinen echten«, gab Ashlyn zu. »Wir haben eine tolle Truhe mit Fruchtgummimünzen besorgt. Schokoladentaler schmecken zwar viel besser, aber die wären vielleicht geschmolzen.«
»Dann ist es auch kein Wunder, dass du nicht auf die Kopien aufgepasst hast«, fand Bob. »Es gab ja nichts Wertvolles zu beschützen.«

Peter hatte unterdessen seine Kopie des Rätsels auseinandergefaltet. »Und das habt ihr euch alles selbst ausgedacht?«

Jetzt brachte Brian ein schmales Lächeln zustande. »Priscilla hat uns etwas geholfen, aber das meiste haben wir selbst herausgefunden und verfasst.«

»Es hat unheimlich viel Spaß gemacht, sich das auszudenken«, bestätigte Ashlyn. »Zum Glück liest Brian total viel. Er hat diese altmodischen Formulierungen echt gut drauf.«

»Auf die Idee sind wir gekommen, als wir beim Aufräumen im Schuppen das alte Buch gefunden haben«, fügte Brian hinzu. »Es muss nass geworden sein und war kaum noch lesbar.«

Ashlyn lächelte nun auch. »Dann haben wir überlegt, wo wir es am besten verstecken können.«

»Für den Brief von Jim hat uns Priscilla altes Papier gegeben, das sie noch von ihrem Vater hatte«, fügte Brian hinzu. »Und dann haben wir mehrere Tage nach einem passenden Versteck gesucht.«

»Wie schön«, sagte Bob sarkastisch. »Da hattet ihr ja jede Menge Spaß.«

»Wir doch auch«, wandte Peter ein. Im Gegensatz zu Justus und Bob war er nicht sauer auf die Geschwister. »Jedenfalls war es besser, als den ganzen Tag Heuballen zu schleppen. Aber wo ist dieser falsche Schatz denn nun versteckt?«

Ashlyn zögerte. Sie tat sich offensichtlich schwer damit, ihr Geheimnis zu verraten.

»Ach, ist doch egal.« Bob winkte verärgert ab.

»Mir nicht«, widersprach Peter.

»Wenn man zu dem Ort geht, wo früher die Bienenkörbe

standen, sieht man ein kleines Kiefernwäldchen«, berichtete Ashlyn. »Der Naturverband von Nothing hat dort mehrere Tafeln angebracht. Darauf erfährt man unheimlich viel über die alten Bäume und die Kalksteinhöhlen.«
»Ein Wanderweg führt von den alten Gelbkiefern bis zu einem Höhleneingang«, fuhr Brian fort. »Die Höhle heißt Black Smoke Cavern.«
»Die wollten wir euch sowieso zeigen«, sagte Ashlyn. »Man darf sie betreten. Nur die hinteren Gänge sind gesperrt.«
»Seit dem Erdbeben gelten sie als einsturzgefährdet«, fügte Brian hinzu. »Ich glaube, dass sie bis zum Steinbruch führen.«
»Das hat aber nichts mit unserem Rätsel zu tun«, ergänzte Ashlyn schnell, als sie die Gesichter von Justus und Bob sah.
»Richtig«, meinte Brian. »Ihr wolltet wissen, wo wir den Schatz versteckt haben.«
»Peter wollte das wissen«, korrigierte Bob.
»Es gibt ein Loch in der Höhlendecke, das wie ein Kamin funktioniert. Deshalb wurde die Black Smoke Cavern früher auch als Feuerstelle benutzt.«
»Die Kiste liegt in einer Nische im Felsenkamin.«
»Prima! Wir könnten morgen hingehen, wenn das Unwetter nachlässt«, schlug Peter vor. »Dann holen wir uns den Schatz und essen ihn auf.«
»Ohne mich.« Justus stand auf und ging zur Tür. »Ich hoffe, ihr zwei steckt nicht auch noch hinter Bucks Verschwinden! Eure Großmutter macht sich ernsthafte Sorgen.«
»So etwas würden wir nie tun!«, bekräftigte Ashlyn.
»Dafür habt ihr einen Einbruch nachgespielt.« Justus drehte

sich in der Tür noch einmal um. »Lasst mich raten: Euer Cousin Jonathan ist nachts hergeritten und hat die Kopien eingesteckt. Deshalb hat der Hund auch nicht gebellt.«
Die Geschwister schüttelten fast gleichzeitig den Kopf.
»Das stimmt nicht!«, sagte Ashlyn. »Ihr müsst uns das glauben, aber damit haben wir nichts zu tun!«
»Bitte entschuldigt«, antwortete Justus kalt, »aber das fällt mir im Augenblick etwas schwer.«
»Wir haben mit dem Einbruch nichts zu tun!«, versicherte auch Brian den drei ???.
»Ach nein?« Justus hob nur eine Augenbraue. »Geht der Abenteuerfall jetzt so weiter, dass wir einen Einbrecher suchen sollen?«
Ashlyn sah die Jungen eindringlich an. »Ihr müsst uns glauben!«
»Kennt ihr die Geschichte mit dem Hirtenjungen, der vor dem Wolf warnte?«, fragte der Erste Detektiv. Er wartete die Antwort gar nicht erst ab. »Der Hirte langweilte sich, also rief er um Hilfe. Der Wolf sei hinter den Schafen her. Die Leute rannten hinaus, um ihm zu helfen. Als sie herausfanden, dass alles nur ein Spiel gewesen war, wurden sie wütend auf den Hirten. Am nächsten Tag kam der echte Wolf. Der Hirte rief wieder um Hilfe, aber niemand erschien. Die Leute glaubten ihm nämlich nicht mehr.«
»Ich kenne die Geschichte«, sagte Brian. »Und sie passt besser, als du glaubst.«
»Das kann ich mir vorstellen«, meinte Justus. »Wer einmal lügt, dem glaubt man nicht.«
»Das meine ich nicht«, antwortete Brian. »Wir haben uns

gelangweilt, so wie der Hirte. Wir haben ein Spiel mit euch gespielt. Ihr seid uns auf die Schliche gekommen. Und jetzt …«

Ashlyn führte den Satz ihres Bruders zu Ende: »… jetzt ist der echte Wolf da!«

Lüge oder Wahrheit?

»Ich fasse es immer noch nicht!«, sagte Bob, als sie sich am nächsten Morgen anzogen. »Es war alles von vorne bis hinten ausgedacht!«

Justus sagte nichts dazu. Er verkraftete es nur schwer, dass er auf einen Streich hereingefallen war. Der Erste Detektiv hatte seit seiner frühesten Kindheit eine tiefe Abneigung gegen alle Arten von Scherzen, die auf seine Kosten gingen. Vermutlich, weil er als Kleinkind im Fernsehen die lächerliche Rolle des Baby Fatso hatte spielen müssen. Noch weniger vertrug er es, wenn man ihn zu einer Spielfigur machte, was wiederum daran lag, dass Justus seine Detektivarbeit im Allgemeinen und im Besonderen sehr ernst nahm. Ashlyn und Brian hatten ihn in seiner Ehre als Anführer der drei ??? tief gekränkt. Das würde ihnen Justus nicht so schnell vergeben.

»Aber wenn am Ende wirklich jemand in den Schuppen eingebrochen ist?«, überlegte Peter.

»Du bist echt zu gutgläubig«, schnaubte Justus.

Der Zweite Detektiv zog langsam seine Socken an. »Es kann doch sein, dass Ashlyn und Brian die Wahrheit sagen!«

»Dann können sie diesen Fall gerne selbst lösen. Ich gehe jetzt zum Frühstück. Kommt ihr mit?«

»Gute Idee. Ich habe Hunger«, antwortete Bob. Dann drehte er sich noch einmal zu Peter um. »Warum sollte denn jemand in den Schuppen einbrechen, Zweiter? Wir wissen doch jetzt, dass es keinen echten Schatz gibt.«

»Aber das weiß der Einbrecher vielleicht genauso wenig, wie

wir es bis gestern wussten!«, gab Peter zu bedenken. »Wenn wir auf den Rätseltext hereingefallen sind, kann es ebenso gut jemand anderem so gegangen sein – Mr Smith zum Beispiel.«

Diese Überlegung bekam Justus jedoch nicht mehr mit. Er eilte schon die Treppe hinunter in die große Küche. Dort saß Rosie Wrenwick mit ihrem Sohn Walther am Tisch. Sie starrte sorgenvoll in ihre Kaffeetasse, als wäre dort die Lösung für ihre Probleme versteckt.

»Buck ist nicht wieder aufgetaucht«, sagte sie, ohne aufzublicken.

»Abgesehen davon werden uns die Sturmschäden die nächsten Tage ganz schön auf Trab halten«, fügte Walther hinzu. Der große Mann seufzte schwer. »Es wäre gut, wenn ihr mit anpacken könntet. Vielleicht kann Ashlyn sich so lange auf die Suche nach dem Hund machen.«

»Klar mache ich das!« Ashlyn, die gerade in die Küche kam, hatte offenbar den letzten Satz ihres Onkels gehört. »Ich gehe gleich los!«

»Iss erst einmal was«, meinte Rosie. Sie klang müde.

»Kommt Jonathan auch zum Helfen vorbei?«, fragte Ashlyn, während sie sich eilig Cornflakes in eine Schüssel schüttete.

»Nein, der hat nach dem Unwetter genug zu tun«, antwortete Walther.

»Wenigstens bleibt er in der Gegend!« Rosie sah nun endlich von ihrem Kaffee auf. Sie lächelte sogar etwas. »Seit gestern ist es offiziell: Wenn unser Sheriff-Büro in ein paar Monaten schließt, wird Jonathan vom Sheriff-Büro in Prudence übernommen.«

»Das ist ja großartig!«, freute sich Ashlyn. »Dann muss er nicht einmal umziehen.«
Walther sah ebenfalls erleichtert aus. »Und in Prudence ist er sogar weiterhin für den Bereich Nothing und Umgebung zuständig. Die Reviere werden zusammengelegt.«
Rosie stand auf. Ihr kurzer Anflug von guter Laune war wieder verschwunden. »Mit Personalabbau! Vergesst das nicht. Aber jetzt sollten wir uns an die Arbeit machen. Brian hat bereits das Füttern der Tiere übernommen.«

Wenn es an einem normalen Tag auf der Farm schon viel zu tun gab, so wusste man heute kaum, wo man anfangen sollte. Die Tatsache, dass alles nass und voller Schlamm war, erschwerte die Bedingungen noch einmal beträchtlich. Die Jungen gingen Walther zur Hand, so gut sie konnten. Ashlyn suchte derweil gewissenhaft in allen Gebäuden nach dem alten Bernhardiner. Sie schaute in umgekippte Fässer, Schränke und Gerätekammern, Futterkisten und in den Kartoffelkeller, der unter dem Haus lag. Buck blieb jedoch spurlos verschwunden. Nach einer ergebnislosen Stunde stieg sie auf eines der Fahrräder und setzte die Suche auf den Weiden und Feldern fort.
Peter sah ihr nach. »Wenn Buck entführt wurde, kann Ashlyn lange nach ihm suchen.«
Justus warf ihm nur einen kurzen Blick zu und verschwand dann in der Scheune, die er nach weiteren Sturmschäden absuchen sollte.
Bob blieb neben Peter stehen. »Warum sollte hier jemand einen Hund stehlen? Noch dazu einen so alten?«

»Was würdest du tun, wenn du mit einem Rätsel nach einem Schatz suchst und weißt, dass eine Reihe andere Menschen ebenfalls auf der Suche sind?«
Bob zuckte die Achseln. »So schnell wie möglich suchen?«
»Oder die anderen aufhalten«, sagte der Zweite Detektiv. »Zum Beispiel, indem man sie mit der Suche nach einem Hund beschäftigt. Wer Rosie gut genug kennt, weiß, wie wichtig ihr Buck ist.«
»Meinst du wirklich?« Bob sah nicht überzeugt aus.
»So abwegig ist das nicht«, fand Peter. »Wir waren bislang jedenfalls mit dem vermissten Hund und dem Unwetter so eingespannt, dass wir nicht einmal mehr über den Einbruch geredet haben.«
»Justus glaubt nicht, dass es einen Einbruch gab. *Deshalb* mussten wir nicht mehr darüber reden.«
»Und du?« Peter sah Bob forschend an. »Was glaubst du?«
»Ich bin mir unsicher.«
»Wenn ich einen riesigen Hund entführen würde, den in der Gegend bestimmt jeder kennt«, dachte Peter laut nach, »würde ich nicht mit ihm im Auto durch Nothing fahren, sondern ihn möglichst gleich hier draußen verstecken.«
»Da kommt eigentlich nur das Motel infrage«, sagte Bob. »Es liegt in der Nähe und keiner käme auf die Idee, den Hund dort zu suchen, weil das Gelände eingezäunt ist. Ein Waschbär kann sich vielleicht durch den Bauzaun zwängen, aber ein Bernhardiner von Bucks Größe hat keine Chance, hineinzugelangen.«
»Es sei denn, es wäre ein Mensch dabei, der die Pforte öffnen kann«, ergänzte Bob.

»Wir könnten kurz hinfahren und nachsehen«, schlug Peter vor. »Wenn Buck dort ist, wissen wir, dass ihn tatsächlich jemand entführt hat. Und wenn nicht …«
»Dann sind wir kein Stück weiter«, meinte Bob. »Aber den Versuch ist es wert! Großtante Rosie sagen wir besser nichts. Und Justus schicken wir einfach eine SMS.«

Dieses Mal brauchten die Jungen mit den Fahrrädern deutlich länger zum Motel. Die Wege waren vom Regen aufgeweicht und es hatten sich große, schlammige Pfützen gebildet. Als sie ankamen, waren ihre Hosenbeine bis über die Knie mit Dreck bespritzt. Im hellen Tageslicht sah das Motel trist, aber nicht mehr unheimlich aus. Der Sturm hatte ein paar Dachschindeln vom Haupthaus gefegt. Der Bauzaun war an einer Stelle umgekippt.
»So viel zu deiner Theorie«, meinte Bob. »Buck konnte ungehindert aufs Grundstück laufen.«
»Es ist doch egal, ob er selbst hierhergekommen ist oder gebracht wurde. Wichtig ist, dass wir ihn finden, wenn er sich hier verkrochen hat.«
»Ja, *wenn* …« Bob spähte halbherzig in das erste Apartment. Mittlerweile kam ihm Peters Theorie doch etwas weit hergeholt vor. Der Hund konnte überall sein. Auf der Hochebene, in der Stadt, in einer Scheune …
»Pferdeäpfel!« Peter deutete auf den Boden vor den Bungalows. Mitten zwischen den Pfützen lag ein Haufen. Im feuchten Untergrund zeichneten sich außerdem deutlich Hufspuren ab.
Bob stutzte. »Jemand war hier!«

Peter lief auf und ab, den Blick stets auf den Boden geheftet. Ab und zu nickte er. Schließlich kam er zu Bob zurück. »Das Pferd muss an dem Pfeiler dort angebunden worden sein. Dann ist jemand abgestiegen, weggegangen, wiedergekommen, aufgestiegen und weggeritten – in Richtung Steinbruch.«
»Nicht schlecht, Zweiter!«, sagte Bob anerkennend.
»Bei dem Wetter sind die Spuren zum Glück gut zu erkennen«, gab Peter zurück. »Aber was machen wir jetzt? Gehen wir den Hufabdrücken hinterher?«
»Wir sind immer noch auf der Suche nach dem Hund, schon vergessen?«
»Nein, natürlich nicht.«
»Buck!«, rief Bob. »Buckie!« Er hielt inne und lauschte. »War da etwas?« Er rief erneut. Und dieses Mal hörten sie es beide: ein dumpfes Bellen.
»Das kam aus dem Anbau!«, sagte Bob erstaunt.
»Dann nichts wie hin!«
Eilig liefen die Jungen durch den Nebeneingang des Motels.
»Buck!«
»Komm her!«
»Buckie!«
Erneut ein Bellen und hektisches Pfotengetrappel.
»Das kam aus dem Raum dort!« Bob öffnete eine Tür. Dahinter lag etwas, das auf den ersten Blick aussah wie ein Saal mit einer Bühne. Auf den zweiten vermutlich auch, doch die Jungen kamen zunächst nicht mehr dazu, sich umzusehen. Ein großes, braun-weißes Wesen rannte auf sie zu.
»Ist ja gut!«, rief Peter glücklich. »Wir haben dich ja gefunden!«

Der Hund sprang um den Zweiten Detektiv herum und wedelte mit dem Schwanz.
»Jetzt bringen wir dich zu Rosie zurück.« Bob trat lieber einen Schritt zur Seite, bevor das Tier ihn in seiner Freude noch umstoßen konnte. »Sieh nur, Peter!« Er deutete auf den lang gezogenen Raum, in dem Buck eingesperrt gewesen war. »Man hat ihm Wasser und Futter hingestellt!«
Nach einer kurzen Untersuchung der Näpfe stellte Bob fest, dass der Futternapf zwar leer, aber noch feucht von Bucks Sabber war. Wer immer dem Hund etwas gebracht hatte – er war erst vor Kurzem hier gewesen.
»Bucks Entführer hat ihn heute erst gefüttert und ist dann weitergeritten«, meinte Peter, als sie mitsamt Hund ins Freie traten. Der Bernhardiner schnüffelte kurz an den Pferdeäpfeln. Dann folgte er Peter und Bob in schwerfälligem Trab.
»Wir sollten Justus auf dem Handy anrufen«, sagte Bob.
»Stimmt«, fand auch Peter. »Dann kann er deiner Großtante ausrichten, dass wir Buck gefunden haben. Außerdem möchte ich Justus höchstpersönlich berichten, dass ich richtiglag: Buck war im Motel und er wurde entführt!«

Notruf ins Leere

Der Erste Detektiv stand in der Küche und belegte Brote für die Arbeiter. Rosie hatte ihn dazu verdonnert, nachdem ihm ein Balken auf den Fuß gefallen war. Er humpelte leicht, doch der Schmerz ließ bereits nach. Eigentlich konnte er froh sein, dass er nicht mehr auf dem matschigen Hof stehen musste, um Walther Werkzeug und Material anzureichen. Das machte jetzt Brian. Rosie teilte unterdessen die Helfer ein, die vor ein paar Minuten auf der Farm angekommen waren. Ihre Laune hatte sich seit dem Frühstück nicht gebessert. Sie war sogar noch schlechter geworden, als sie das Verschwinden von Bob und Peter bemerkt hatte. Wo doch gerade jede helfende Hand gebraucht wurde!

Auch Justus war noch immer stocksauer. Im Laufe des Vormittags waren lauter Erinnerungen durch seinen Kopf gespukt. Die drei ??? hatten so viele Fälle gelöst, aber trotzdem war es einigen ihrer Gegner gelungen, die Jungen aufs Glatteis zu führen. So wachsam sie auch immer gewesen waren, es war vorgekommen, dass man sie zu Figuren in einem Spiel voller Intrigen gemacht hatte. Aber bislang waren die Täter erwachsene Verbrecher gewesen. Noch nie war der Erste Detektiv auf einen Kinderstreich hereingefallen. Ein kleines Mädchen und ihr Bruder hatten es geschafft, ihn mehrere Tage lang zu beschäftigen. Er hatte an einen echten Schatz geglaubt, hatte lächerliche Rätsel gelöst, war durch die Sommerhitze gefahren, hatte Felsen erklommen und sich von Mücken stechen lassen. Das war erniedrigend! Justus war tiefer in seiner Ehre als Detektiv gekränkt, als er vor seinen Freunden zugeben wollte.

Als er gerade die achte Toastscheibe mit Butter bestrich, klingelte das Telefon. Der Erste Detektiv blickte auf den gelben Apparat, der neben dem Kühlschrank an der Wand angebracht war. Vielleicht war es ein wichtiger Anruf für Rosie. Kurz entschlossen nahm er den Hörer ab und meldete sich. »Hier bei Wrenwick.«

»Cattle Pro Plus, Ronald Smith hier«, spulte ein Mann geschäftsmäßig herunter. Im Hintergrund waren gedämpfte Stimmen und das regelmäßige Klicken von Computertasten zu hören. »Könnte ich bitte Mrs Wrenwick sprechen?«

»Sie sind der Futtermittelvertreter, nicht wahr?«, hakte Justus nach.

»Ja«, kam die knappe Antwort.

»Mrs Wrenwick ist gerade aufgrund eines Unwetters indisponiert. Hat Ihr Anliegen eine hohe Dringlichkeit oder kann sie sich im Laufe des Tages bei Ihnen melden?«, fragte Justus.

Der Mann schien sich nicht sonderlich über den hochgestochenen Redestil des Ersten Detektivs zu wundern. »Ich habe nur eine kurze Rückfrage zu ihrer Bestellung«, gab er zurück.

»Mrs Wrenwick kann mich bis halb sechs im Büro erreichen.«

»Ich werde es ausrichten«, versprach Justus. Kaum hatte er den Hörer aufgelegt, als das Telefon erneut klingelte.

»Hier bei Wrenwick«, sagte Justus ein zweites Mal.

»Justus, bist du das?«, flüsterte eine Mädchenstimme am anderen Ende der Leitung.

»Ashlyn?«

»Ja!«
»Was ist?«
Es knackte und raschelte in der Leitung. »Ich bin bei der Höhle! Der Black Smoke Cavern.«
»Meinst du, Buck ist so weit gelaufen?«
»Den Weg dorthin sind Brian und ich mit ihm oft gegangen und es konnte doch sein, dass er sich dort verkrochen hat – aber darum geht es jetzt nicht.« Ashlyn brach den Satz ab und fing dann neu an. »Ich wollte Brian anrufen, aber der geht nicht an sein Handy.«
»Kein Wunder! Der muss arbeiten.« Wieder erklang ein Rascheln. Nach einer kurzen Pause flüsterte Ashlyn: »Vielleicht ist es gut, dass ich dich erwischt habe.«
»Was ist denn los?« Der Erste Detektiv spähte zu den Broten hinüber, die auf der Arbeitsplatte auf ihn warteten. Es gab noch viel zu tun. Hoffentlich fasste sich Ashlyn kurz!
»Hier treibt sich jemand herum!«, berichtete das Mädchen.
»Das ist ja auch nicht verboten«, gab Justus zurück.
»Nein, aber die Person verhält sich merkwürdig! Es ist ein Reiter! Mit Sonnenbrille und schwarzem Cowboyhut. Er hat den Kragen hochgeschlagen und sieht richtig aus wie die Banditen in Western-Filmen! Na ja, zumindest bis auf die Sonnenbrille.«
Justus gab ein Geräusch von sich, das halb Stöhnen, halb Knurren war. »Ein Mann mit Sonnenbrille und Hut? Das hatten wir doch schon!«
»Dieses Mal ist es aber echt!«
»Sicher!«, entgegnete Justus gereizt. »So echt wie der Schatz von Thomas Greenhow.«

»Bitte, du musst mir glauben!«, flehte Ashlyn. »Jemand treibt sich hier herum. Ich habe mich versteckt, um ihn besser beobachten zu können. Jetzt bindet er sein Pferd an einen Baum. Der sucht bestimmt nach unserem Schatz.«
»Dann lass ihn doch suchen. Wenn Buck nicht bei der Höhle ist, komm zurück zum Hof. Wir haben hier genug zu tun.«
»Mist! Der Mann steigt den Pfad hoch. Direkt in meine Richtung!«, sagte Ashlyn gepresst. »Was ist, wenn er mich entdeckt! Kommt bitte schnell!«
»Das ist nicht länger Detektivsache. Du kannst das Spiel mit deinem Bruder weiterspielen oder es meinetwegen auch ganz lassen.« Der sonst so beherrschte Erste Detektiv konnte seinen Ärger in diesem Augenblick nicht mehr zurückhalten. »Wir reden später. Ich muss mich jetzt um die Verpflegung von all den Menschen kümmern, die hier tatsächlich arbeiten.« Dann legte er auf. Er schnaubte. Ashlyn und Brian hatten ihr dämliches Spiel anscheinend noch nicht aufgegeben. Aber dieses Mal würde der Erste Detektiv nicht darauf reinfallen. Er schnappte sich eine weitere Brotscheibe und klatschte sie schwungvoll auf das Schneidebrett. Hinter ihm ging die Tür auf. Jemand trat in die Küche.
»Rosie fragt, ob die Brote fertig sind.« Das war Brian.
»Sie wären es längst, wenn deine Schwester mich nicht bei der Arbeit unterbrochen hätte«, gab der Erste Detektiv zurück.
»Was wollte sie denn?«
»Nichts Wichtiges.« Justus verschmierte eine dicke Schicht Butter auf dem Toast.

Brian trat neben ihn. »Hat sie Buck gefunden?«
»Anscheinend nicht.«
Ein schrilles Klingeln erklang. Dieses Mal kam es nicht von dem Telefon an der Wand, sondern aus Justus' Hosentasche. Er zückte sein Handy und sah auf das Display. Bob rief an.
»Was ist, Dritter?«, fragte Justus, nachdem er das Gespräch angenommen hatte.
»Du wirst es kaum glauben, aber Peter hatte recht!« Bob klang beinahe so aufgeregt wie Ashlyn. »Jemand hat Buck mitgenommen und versteckt! Er war im Motel eingesperrt!«
»Das waren bestimmt Brian und Ashlyn.« Justus gab sich Mühe, gleichgültig zu klingen. Brian sah ihn unterdessen fragend an.
»Meinst du wirklich, dass die beiden so weit gehen würden?«, fragte Bob. »Sie wissen doch, wie sehr Rosie an dem Hund hängt. Außerdem hätten sie das Tier niemals bei einem Unwetter allein irgendwo eingesperrt.«
Justus dachte nach. »Das mag sein. Mich lässt allerdings eher die Tatsache zweifeln, dass Ashlyn und Brian gestern mit Rosie einkaufen waren, als der Hund entwendet wurde. Damit haben sie ein Alibi.«
»Jetzt reicht es aber!«, meldete sich Brian zu Wort. »Worum geht es eigentlich?«
Statt einer Antwort schaltete Justus den Lautsprecher des Handys ein und bat Bob, kurz zu berichten, was geschehen war. So erfuhren sie nicht nur von Bucks Gefängnis, sondern auch von den Pferdespuren.
»Das könnte dieselbe Person gewesen sein, die auch bei uns eingebrochen ist!«, rief Brian schließlich.

»Das gehörte wirklich nicht zu eurem Streich?«, kam Bobs Stimme blechern aus dem Lautsprecher.
»Nein!«, bekräftigte Brian. »Das haben wir euch doch schon gesagt!«
Justus fuhr sich angespannt durch die Haare. »Dann lässt das nur den Schluss zu, dass noch jemand außer uns auf die Schatzsuche hereingefallen ist.«
»Ich hoffe, die Person ist mit dem Rätsel noch nicht so weit gekommen«, sagte Brian besorgt. »Wir müssen Ashlyn warnen.«
»Warum denn das?«, wollte Bob wissen.
»Es tat Ashlyn leid, dass ihr euch so über die gefälschten Rätsel geärgert habt. Da ihr nicht zur Black Smoke Cavern gehen wollt, holt sie euch die Süßigkeiten. Als kleine Wiedergutmachung.«
Justus schluckte hörbar. »Ashlyn ist bereits dort. Und sie hat jemanden gesehen!«
»Ashlyn ist bei der Black Smoke Cavern? Das sagst du erst jetzt?« Brians Stimme überschlug sich beinahe.
Der Erste Detektiv wurde rot. »Ich dachte, es sei wieder nur ein Spiel von euch.«
»Da irrst du dich!« Jetzt war es an Brian, wütend zu gucken. Aber sein Gesichtsausdruck wechselte bereits nach wenigen Sekunden in extreme Sorge. »Wenn da draußen tatsächlich jemand nach dem Schatz sucht, ist Ashlyn in Gefahr!«

Am Abgrund

Nachdem das Telefonat beendet war, wanderte Brian unruhig in der Küche auf und ab. »Ich muss Ashlyn anrufen!«
»Peter und Bob sind doch bereits auf dem Weg zur Höhle!«, versuchte Justus, den Jungen zu beruhigen. Dabei war er selbst plötzlich alles andere als ruhig. Wenn Ashlyn etwas zustieß, war es seine Schuld!
»Ich muss sie trotzdem anrufen!«
»Falls da wirklich ein Verbrecher ist, sollte sie sich nicht durch ein Telefonklingeln verraten.«
»Da hast du recht!« Brian nahm einen Autoschlüssel vom Haken neben der Tür. »Wir können das nicht riskieren. Ich fahre besser mit dem Geländewagen hin. Damit komme ich immerhin bis zum Steinbruch.«
»Ich fahre mit!«, bot der Erste Detektiv an.
»Nein!«, antwortete Brian barsch. »Du bleibst hier. Tante Rosie hat mir gesagt, dass Jonathan gleich vorbeikommt. Er kann uns helfen!«
»Und wenn ausgerechnet euer Cousin Jonathan hinter der ganzen Sache steckt?«
»Das kann und will ich nicht glauben! Außerdem hätte er niemals Buck in dem einsturzgefährdeten Motel gelassen. Nicht bei einem Unwetter. Er hängt sehr an dem Hund!«
»Gut«, sagte Justus ungewohnt kleinlaut. »Mir bleibt wohl keine andere Wahl, als auf deine Einschätzung zu vertrauen.«
Brian war jedoch schon aus der Tür geeilt. Kurz darauf hörte Justus, wie draußen ein Motor gestartet wurde. Knatternd

fuhr der Geländewagen vom Hof. Der Erste Detektiv sah ihm durch das geschlossene Fenster nach. Normalerweise war Justus Jonas dafür bekannt, dass er schnell schaltete und eine Situation innerhalb von Sekunden einschätzen konnte. Dieses Mal arbeitete sein Kopf jedoch mit Verzögerung. Justus starrte erschrocken hinaus auf den leeren Hof. Was war, wenn der Unbekannte bewaffnet war? Würde er sich auf der Suche nach dem vermeintlichen Gold von vier Jugendlichen und einem alten Hund aufhalten lassen? Der Erste Detektiv musste Hilfe holen – und zwar sofort!

Old Buck trabte neben den Rädern von Peter und Bob durch die Pfützen. »Schneller, komm, komm!«, feuerte Peter den alten Hund an. Allerdings ohne Erfolg.

»Wo müssen wir lang?«, keuchte Bob, als sie endlich die Einfahrt zum Steinbruch erreicht hatten, an der sie vor ein paar Tagen alle zusammen gestanden hatten.

»Ich denke, dass die Höhle dort drüben liegen muss.« Peter deutete auf den bewaldeten Felsenkamm, der sich über der linken Kalksteinwand erstreckte. »Brian meinte, wir sollten am Steinbruch vorbeifahren. Man kann dem Weg einfach weiter folgen oder eine Abkürzung in nordwestlicher Richtung nehmen. Dann müssen wir allerdings den Hang hinaufklettern.«

»Peter!« Bob schrie auf. »Schau nur!«

Der Zweite Detektiv zuckte zusammen. »Ashlyn!« Er sprang von seinem Rad und lief bis zum Zaun, um besser sehen zu können. Das Mädchen stand etwa 200 Meter von ihnen entfernt auf einer der schmalen Terrassen, die in den Steinbruch gehauen waren. Unter ihr ging es steil hinab bis zum See. Heute war er weder glatt noch türkisfarben. Der starke Regen vom Vortag hatte den Wasserspiegel steigen lassen. Kalk, Lehm und Sand waren aufgewirbelt worden und hatten das Wasser bräunlich gefärbt. Die Oberfläche war unruhig und von Strudeln durchzogen.

»Was macht sie denn da?«, fragte Peter entsetzt.

Bob antwortete nicht, doch da hatte Peter schon das dunkle Loch entdeckt, das am anderen Ende der Terrasse im Kalkstein klaffte. Offensichtlich war Ashlyn in einen der gesperrten Höhlengänge geflüchtet und so beim Steinbruch herausgekommen. Allerdings kam sie von dort nicht weiter, da es weder eine Leiter noch eine geeignete Stelle zum Klettern gab. Zurück ging es anscheinend auch nicht. Peter kniff die Augen zusammen. Er erkannte schmutzig braune Spuren an den Kalkfelsen, die in einem großen Haufen aus Steinen, Sand und Matsch mündeten.

»Sieh nur, Bob! Das muss ein Erdrutsch gewesen sein! Ein Teil der Terrasse ist verschüttet und hat Ashlyn den Weg zurück zum Höhleneingang versperrt.« Bevor er weiterreden konnte, hörte er das Pferd. Es näherte sich im strammen Galopp aus der Richtung der Höhle. Der Zweite Detektiv realisierte, dass sie sich nirgendwo verstecken konnten. Er und Bob starrten gebannt zur Straße und wagten kaum, sich zu bewegen. Doch der Reiter achtete gar nicht auf sie. Er bog auch nicht zum Steinbruch ab, sondern donnerte geradeaus die Straße nach Nothing hinunter. So schnell, dass die Pfützen aufspritzten und Matsch und Steine durch die Luft gewirbelt wurden.

»Ein Cowboy!«, entfuhr es Peter. »Mit einem schwarzen Hut.«
»Er hatte etwas dabei«, sagte Bob aufgeregt. »Konntest du es erkennen?«
»Vielleicht eine Kiste?«, mutmaßte Peter. Es war so schnell gegangen, dass er nicht auf Details geachtet hatte. »Ich habe nur den Hut gesehen. Und das Pferd. Braunes Fell, schwarze Mähne und schwarzer Schweif.«
»Darüber reden wir später«, entschied Bob. »Ashlyns Rettung hat Vorrang!«
Obwohl es Luftlinie über den Steinbruch hinweg kaum mehr als 200 Meter waren, kam ihnen der Weg bis zur Höhle unendlich weit vor. Die Abkürzung entpuppte sich als anspruchsvolle Strecke. Schon bald mussten sie die Fahrräder zurücklassen, da man in dem unebenen Gelände nur noch zu Fuß weiterkam. Ohne Pause stiegen sie den Felsenkamm hinauf. Dabei hielten sie einen guten Abstand zur Abbruchkante des Steinbruchs. Der Boden war durch den Regen aufgeweicht und sie wollten auf keinen Fall einen zweiten Erdrutsch auslösen. Endlich gelangten sie an einen breiten Wanderweg. Jetzt kamen sie deutlich schneller voran. Nach fünf Minuten erreichten sie eine Stelle, an der sich die Felswand über einen dunklen Schlund wölbte: der Eingang zur Black Smoke Cavern.
»Sollen wir reingehen?« Peter zögerte. »Vielleicht können wir Ashlyn irgendwie über den Erdrutsch helfen.«
»Oder wir tasten uns langsam bis zur Abbruchkante des Steinbruchs vor und gucken, ob man sie mit einem Seil hochziehen könnte.«

»Hast du ein Seil dabei?«, fragte Peter. Es war keine ernst gemeinte Frage. Natürlich hatte keiner von ihnen für den Abstecher zum Motel an eine Bergsteigerausrüstung gedacht.
»Wir kommen von oben nicht an sie heran«, entschied der Zweite Detektiv. »Erst recht nicht nach diesem Unwetter. Der Boden kann überall einbrechen!«
»Und von unten?«, überlegte Bob.
»Durch den Steinbruch?« Peter schüttelte den Kopf. »Ashlyn befindet sich genau über dem See.«
»Könnte sie versuchen, ins Wasser zu springen?«
»Das wäre lebensmüde!«, rief Peter entsetzt. »Aus dieser Höhe ist das Wasser hart wie Stein.«
»Justus hätte jetzt bestimmt eine gute Idee«, meinte Bob. »Wir sollten ihn anrufen.« Bevor der dritte Detektiv jedoch sein Handy zücken konnte, kam ihnen Brian entgegengerannt. »Habt ihr Ashlyn gesehen?«, stieß er hervor.
»Haben wir!« Peter und Bob berichteten ihm in knappen Sätzen, was geschehen war.
»Der Mann ist weg, dann können wir sie anrufen!«, entschied Brian. »Sie soll sich auf keinen Fall dort wegbewegen. Wir werden Jonathan bitten, ein Rettungsteam zu organisieren.« Schon griff er nach seinem Telefon und tippte eine Nummer ein. Ein seltsam hallendes Klingeln ertönte – in der Höhle.
Brian stutzte. »Ich dachte, Ashlyn wäre beim Steinbruch.«
»Ich gucke mal nach.« Mit wenigen Schritten war Peter in der dunklen Öffnung verschwunden und folgte dem Geräusch. Durch den breiten Eingang gelangte man in eine Kammer, die in etwa so groß war wie Peters Zimmer daheim in Rocky Beach. In der Mitte war ein Feuerplatz errichtet –

genau unter einem Felsenkamin, durch den mattes Tageslicht herabschien. Der Geruch von Rauch lag in der Luft. Peter achtete jedoch nicht darauf. Er folgte nur weiter dem Geräusch. Etwas leuchtete am anderen Ende der Kammer auf. Ein Display! Das Handy lag auf dem Boden, direkt neben einem Gang, der mit zwei Brettern abgesperrt war. Ashlyn hatte es offensichtlich bei ihrer Flucht verloren. Peter hob das Gerät auf. Es klingelte noch einmal und verstummte dann. Der Zweite Detektiv zeigte es Bob und Brian, als diese mit Old Buck in die Höhle traten.

»Wir können deine Schwester also nicht anrufen«, sagte Bob. »Aber wir können trotzdem Hilfe holen!«

»Und was ist, wenn Ashlyn versucht, allein über den Erdrutsch zu klettern?«, fragte Brian. Die Sorge um seine Schwester stand ihm ins Gesicht geschrieben. »Sie hat doch bestimmt auch gesehen, wie der Cowboy davongeritten ist, und traut sich jetzt zurück in die Höhle.«

»Meinst du, sie würde das versuchen?«, fragte Bob zweifelnd.

»Klar«, gab Brian zurück. »Sie ist sehr mutig.«

»Ich gehe!«, entschied Peter. »Ihr wartet draußen vor der Höhle und ruft Jonathan an. Er soll zur Sicherheit Seile und Gurte mitbringen.«

»Das könnt ihr machen«, widersprach Brian. »Ich gehe zu Ashlyn!«

»Bist du schon durch Höhlen geklettert?«, fragte Peter. »Hast du Erfahrung im Bergsteigen? Hast du schon mal von oben eine Steilwand hinuntergeschaut? Bist du schwindelfrei?«

»Ich, äh …«, kam es zögerlich von Brian.

»Das ist genau mein Einsatzgebiet!«, sagte Peter zuversicht-

lich. Mit diesen Worten stieg er über die Bretter in den dunklen Gang. Er war froh, dass er wenigstens die Grundausrüstung der drei ??? dabeihatte. Er kramte die Taschenlampe aus dem Rucksack und stellte diesen hinter der Absperrung auf den Boden. Es war besser, keine Sachen zu tragen, mit denen er irgendwo hängen bleiben konnte.
Der Gang führte in mehreren Biegungen durch den Felsen. An zwei Stellen musste Peter auf allen vieren vorwärtskrabbeln. Obwohl er schon oft in Höhlen unterwegs gewesen war, hatte er dabei ein mulmiges Gefühl. Als sich ein paar Steinchen lösten, hielt er inne. Peter musste daran denken, dass dieser Gang aus Sicherheitsgründen gesperrt war. Vielleicht reichte schon eine kleine Erschütterung, um ihn einstürzen zu lassen. Wer wusste schon, was das Unwetter alles ausgelöst hatte. Der Zweite Detektiv schluckte, doch dann setzte er seinen Weg fort. Er war nun schon so weit gekommen, dass er Tageslicht erspähte. Langsam näherte er sich dem Ausgang. Er blinzelte und trat hinaus ins Freie. Hinter ihm lag der schmale Höhlenausgang – direkt vor ihm ein Felsstreifen. Der Sims war einen knappen Meter breit. Dahinter ging es steil in die Tiefe. Wasser tropfte in dünnen Rinnsalen vom Bergkamm herab und verwandelte den Kalkstein in eine rutschige Fläche. Der Zweite Detektiv bewegte sich so langsam wie möglich. Zum einen wollte er nicht abrutschen, zum anderen hatte er Sorge, Ashlyn zu erschrecken. Sie durfte auf keinen Fall eine unachtsame Bewegung machen. Peter spähte über den Erdrutsch nach links. Sein Herz blieb beinahe stehen. Eine kleine Gestalt mühte sich ab, über das Hindernis aus Schlamm, losem Buschwerk und Geröll zu klettern.

»Peter?« Ashlyn klang erleichtert.
»Bleib, wo du bist!«, mahnte der Zweite Detektiv. »Brian holt gerade Hilfe!«
»Gut. Das ganze Zeug hier kam runter, als dieser unheimliche Cowboy nach dem Schatz gesucht hat!«, rief Ashlyn Peter zu. »Er ist einfach oberhalb der Höhle entlanggetrampelt, weil er den Felsenkamin von außen untersuchen wollte.«
»Das spielt doch jetzt keine Rolle!«, rief Peter gestresst zurück. »Bleib einfach, wo du bist!« Kaum hatte er das gesagt, als sich erneut eine Ladung Schlamm löste und mit feuchtem Klatschen auf der Terrasse landete. Erschrocken blickte Peter nach oben. Ein knorriger Baum ragte ein paar Meter über Ashlyn in die Luft. Seine Wurzeln klammerten sich an die Risse und Spalten im Kalkstein, doch das Erdreich darum herum war durchnässt. Es war nur eine Frage der Zeit, bis das Wasser größere Klumpen davonspülen würde.
»Ich will nicht warten, bis der Baum mit einer riesigen Matschlawine auf mich stürzt!« Ashlyn setzte ihren Weg unbeirrt fort.
»Der hält«, sagte Peter. Doch es klang nicht überzeugt.
»Da braucht nur ein Vogel drauf zu landen und schon geht es bergab!« Ashlyn tastete sich voran. Ein Stein löste sich unter ihrem Fuß und rollte über die Kante. Er sauste durch die Luft und schlug dann mit einem Platschen auf der Oberfläche des Sees auf. Das Mädchen ruderte kurz mit den Armen, dann hatte sie ihr Gleichgewicht wiedererlangt.
»Ich kann gar nicht hinschauen«, murmelte Peter nervös, aber natürlich sah er trotzdem hin. Eng an die Felswand gepresst näherte er sich Schritt für Schritt dem Hindernis. Man

konnte es mit viel Mut überwinden, aber man durfte sich dabei keinen Fehler erlauben. Schritt für Schritt lotste Peter Ashlyn über die Steine. Schließlich konnte er seine Arme ausstrecken und sie packen. »Geschafft!« Er zog sie herüber auf seine Seite der Terrasse.

»Ich bin erschöpft!« Ashlyns Gesicht war verschwitzt und von der Anstrengung gerötet.

»Trotzdem schnell zurück in die Höhle!«, drängte Peter zur Eile.

Kaum hatte er das gesagt, als ein Bellen erklang. Es hallte gespenstisch an den Felswänden wider. Erneut prasselten lose Steinchen die Steinwand herab.

»Buck!« Ashlyn riss die Augen auf. Zeitgleich mit Peter starrte sie auf die Abbruchkante, die sich über ihnen wölbte. Der massige Kopf des Bernhardiners war dort aufgetaucht.

»Er hat mich gesucht!«, rief Ashlyn.

»Das hat uns gerade noch gefehlt.« Peter hatte die Gefahr in Sekundenschnelle erfasst, doch es war bereits zu spät. Buck machte einen erschrockenen Satz zurück, als der Boden unter seinen Pfoten abbrach. Das massige Tier konnte sich gerade noch in Sicherheit bringen. Dafür stürzte eine riesige Ladung aus Lehm und Steinen auf Peter und Ashlyn hinab. Das Mädchen warf sich zu Boden und entkam der Lawine um wenige Zentimeter.

Der Zweite Detektiv hingegen wurde erfasst und von den Füßen gerissen. Instinktiv krallte er sich am Felsen fest. Seine Hände fanden Halt – allerdings nur für kurze Zeit. Der feuchte Stein entglitt seinen Fingern. Verzweifelt griff er nach und suchte auch mit den Füßen nach einer Stütze.

Noch immer rieselte ihm Erde entgegen. Peter realisierte, dass er direkt am Steilhang hing. Zwischen ihm und dem See lag vermutlich nichts als Luft. Ashlyn schrie. Buck bellte. Braunes Wasser lief vor Peters Nase über die Steine. Ein Windstoß fuhr ihm durch die Haare. »Ich packe das!«, knurrte er mit zusammengebissenen Zähnen. »Ich lasse nicht los!« Doch da fiel er auch schon.

In die Tiefe

Peter stürzte ab. Er hatte keine Zeit, etwas zu empfinden – nicht einmal Angst. Er spürte nur ein mächtiges Ziehen im Bauch, dann folgte der Aufprall. Peter blieb die Luft weg. Vor seinen Augen tanzten Lichtpunkte, während ein unerträglicher Schmerz durch seinen Körper fuhr. Eine Sekunde später wurde die Welt um ihn herum schwarz.

Das Erste, was er danach hörte, war sein Name.

»Peter!«

»PETER!«

»Hallo?«

»Er bewegt sich!«

Peter hob den Kopf, ohne die Augen zu öffnen. Er wusste nicht, wie lange er ohnmächtig gewesen war. Der Schmerz war leider in der Zwischenzeit kaum abgeebbt. Der Zweite Detektiv bewegte mühsam die Arme, dann die Beine. Wie durch ein Wunder hatte er sich anscheinend nichts gebrochen. Dafür hatte er sicher einige Prellungen einstecken müssen.

»Er lebt!« Das war Brian. »Leute, er lebt!«

»Peter!«, hörte er Bob rufen. »Wir sind hier oben!«

»Ich habe ein Seil dabei«, rief eine Männerstimme.

»Wir holen dich rauf!«

Der Zweite Detektiv öffnete die Augen. Jetzt erst bemerkte er, dass er auf einem Felsvorsprung gelandet war – mitten zwischen Himmel und Erde. Es ahnte, dass er unglaublich viel Glück gehabt hatte, aber gerade fühlte es sich nicht so

an. Peter wollte am liebsten wieder ohnmächtig werden und seine Rettung verschlafen. Doch da kam schon das Seil zu ihm herab. Ein Gurt war daran befestigt.
»Kannst du klettern?«, fragte die Männerstimme.
»Ich versuche es!« Peter streifte sich mühsam den Gurt über. Der Aufstieg war beschwerlich. Seine rechte Hand blutete und hinterließ rote Spuren auf dem weißen Stein. So wie in Priscilla Sicktrees Vorhersage. Peter fand das unheimlich. Vielleicht steckte in der Frau ja doch eine Wahrsagerin?
»Weiter!«, spornte ihn Bob an. »Du schaffst das!«
Der Zweite Detektiv dachte nicht weiter an irgendwelche Omen, sondern konzentrierte sich ganz aufs Klettern. Schließlich wurde er von Bob und Jonathan Wrenwick auf den Sims vor dem Höhlengang gezogen.
»Das war knapp!«, sagte der junge Polizeibeamte erleichtert. »Kannst du alleine gehen?«
»Ich denke schon«, gab Peter zurück. Vorsichtig setzte er einen Fuß vor den anderen. Hinter Jonathan und Bob stieg er durch den Tunnel zurück in die Black Smoke Cavern. Im breiten Höhleneingang stießen sie auf Justus und Brian, die Ashlyn und Buck bei sich hatten. Alle waren in Sicherheit. Einen Moment lang sahen sie sich schweigend an.
Dann meldete sich Justus als Erster zu Wort. »Du hast uns einen riesigen Schrecken eingejagt, Zweiter! Lass das besser nicht zur Gewohnheit werden.«
Peter grinste seinen Freund matt an. »Keine Angst.«
»Deiner Mutter sagen wir davon besser nichts«, meinte Bob. »Sonst dürfen wir nie wieder Ferien auf dem Bauernhof machen.«

Peter lachte, was jedoch ziemlich wehtat. Er zuckte zusammen.

»Wir bringen dich besser zu einem Arzt!«, sagte Jonathan, während er das Seil zusammenrollte.

»Und der schwarze Cowboy?«, fragte Peter.

Bob winkte ab. »Der ist doch längst über alle Berge.«

»Soll er mit den geklauten Fruchtgummis glücklich werden«, knurrte Ashlyn. »Wer immer er auch ist.«

»Ich habe da eine Vermutung«, sagte Justus. »Weil Mr Smith von der Futtermittelfirma ein Alibi hat, gibt es nur noch eine Person, die infrage kommt.«

»Keine Detektivspiele bitte«, sagte Jonathan. »Ihr fahrt zurück zum Hof und ich bringe Peter zum Arzt.«

»Können wir nicht noch alle gemeinsam einen Zwischenstopp bei Sheriff Stone einlegen?«, fragte Justus, als sie kurz darauf bei Rosies Geländewagen und dem Jeep des Sheriff-Departments angekommen waren.

»Wozu? Er ist nicht im Büro«, gab Jonathan zurück. »Wir sind alle seit dem frühen Morgen im Einsatz. Es reicht, wenn ich später einen Bericht verfasse.«

»Das glaube ich nicht«, widersprach Justus entschlossen. »Und ich will auch nicht zum Büro, sondern zu seinem Haus.«

Sheriff Stone und seine Frau wohnten am Rand von Nothing. Jonathan lenkte seinen Wagen über einen unebenen Weg bis zu einer kleinen Ranch. Dort hielt er an und machte den Motor aus. Unter ein paar hohen Kiefern stand ein altes Holzhaus, das schon bessere Zeiten gesehen hatte. Allerdings hatte jemand Kästen mit Blumen unter den Fenstern angebracht und sonnengelbe Gardinen aufgehängt. Auf dem Sandplatz davor parkte der Wagen des Sheriffs.

»Er ist also hier«, sagte Justus und öffnete die Beifahrertür. Jonathan blieb sitzen. Er sah Justus voller Unbehagen an. Seit Justus ihn während der Fahrt in den Fall eingeweiht hatte, war der junge Mann nervös. »Ich muss gestehen, dass ich Bedenken habe. Letztendlich geht es doch nur um eine Kiste voller Süßigkeiten, oder etwa nicht?«

»Ich habe keine Zeit, Ihnen alles genau zu erklären«, antwortete Justus. »Bleiben Sie doch bei Peter im Wagen. Ich gehe zusammen mit Bob, Ashlyn und Brian zum Haus.«

Wie aufs Stichwort parkte Brian den Geländewagen direkt neben ihnen. »Alles klar?«, rief er.

Jonathan schüttelte den Kopf. »Mrs Stone ist sehr krank. Ich möchte nicht, dass sie sich aufregt!«

»Zunächst wollen wir ja auch nur mit Ihrem Chef sprechen«, wandte Justus ein. »Peter soll sich etwas ausruhen. Wir anderen gehen rüber und klingeln.«

»Na gut.« Jonathan blieb in der offenen Tür sitzen und sah ihnen angespannt hinterher.

»Und wenn es doch der Futtermittelvertreter war?«, wollte Bob im Gehen wissen.

»Er hat vorhin mit mir telefoniert«, berichtete Justus. »Zu dieser Zeit war der Reiter schon unterwegs. Ich glaube kaum, dass er sich auf der Suche nach dem Schatz noch ganz gelassen um Bestellungen gekümmert hat.«

Ashlyn gesellte sich zu ihnen. »Dann kommt wirklich nur Stone infrage.«

»Fehlt aber noch der Beweis«, meinte Justus. Er blickte hinüber zu einem sandigen Auslauf, in dem sich ein Pferd und ein Maultier befanden und Heu fraßen. Daneben stand ein kleiner Stall aus groben Holzplanken. »Habt ihr am Steinbruch dieses Pferd gesehen, Bob?«
Der dritte Detektiv nickte zögernd. »Kann schon sein. Es war ein Brauner mit schwarzer Mähne, wie der hier.«
»Jungs, das ist kein Beweis!« Jonathan war nun doch aus dem Auto gestiegen und zu ihnen getreten. »Ich kenne mindestens zehn weitere Pferde im Umkreis, auf die das zutrifft.«
»Dann müssen wir eben nach stichhaltigen Beweisen suchen«, sagte Justus und steuerte auf den Stall zu.
»Untersteh dich«, bremste ihn Jonathan. »Das ist Hausfriedensbruch!«
»Keine Sorge.« Justus blieb vor dem Stall stehen. Über dem Balken zum Anbinden der Pferde hing ein Westernsattel mit Decke. Justus strich prüfend mit den Fingern darüber. Fast zeitgleich fuhr Jonathan erschrocken herum.
»Was ist denn hier los?« Sheriff Stone trat aus dem Wohnhaus und kam zu ihnen herüber.
»Wir haben nur eine Frage«, sagte Jonathan vorsichtig. »Aber vielleicht können wir das auch später regeln.«
»Ich bitte darum«, sagte Sheriff Stone. »Ich bin aber schon spät dran. Holly ging es nicht gut. Sie hat sich jetzt hingelegt und ich muss ins Büro.«
»Wir brauchen nicht lange«, sagte Justus ruhig, während er den Sheriff eingehend musterte. »Sie haben sich geduscht und umgezogen.«
»Wie bitte?« Der Mann war sichtlich irritiert.

»Die Manschettenknöpfe Ihres Hemdes sind noch offen. Außerdem tragen Sie eine Hose ohne Dreckspritzer«, stellte der Erste Detektiv fest. »Sie hatten sie also heute noch nicht bei einem Außeneinsatz an. Außerdem sind Ihre Haare feucht, obwohl es seit Stunden nicht mehr geregnet hat.«
Der Sheriff starrte Justus an. Dann wandelte sich sein verwunderter Gesichtsausdruck in Ärger. »Warum auch nicht? Ich habe gerade meine dreckigen Sachen gegen frische getauscht.«
»Sie geben also zu, dass Ihre Bekleidung dreckig war?«, hakte Justus nach.
»Was soll dieses Fragespiel?«, knurrte Sheriff Stone. »Ich bin seit dem Unwetter praktisch im Dauereinsatz.«
»Sie waren beruflich unterwegs?«
»Ja, du Schlaumeier! Bevor ich mich um Holly gekümmert habe.«
»Wie kommt es dann, dass der Schlamm an den Rädern Ihres Wagens trocken ist?« Justus deutete auf das Einsatzfahrzeug, das direkt vor dem Haus parkte. Er ging bedächtig zu dem Auto hin und betrachtete es.
»Ich … also …« Der Sheriff trat von einem Bein aufs andere. »Meine Güte, was soll das hier werden?«
Justus spähte durch die Heckklappe ins Innere. »Sie sollten dringend mal staubsaugen. Alte Hunde neigen dazu, viele Haare zu verlieren.«
»Alte Hunde? Was für Hunde? Sie haben doch gar keinen Hund mehr, Sir«, wunderte sich Jonathan.
Der Sheriff sagte nichts. Er verschränkte die Arme. Anscheinend zog er es vor, zu schweigen und abzuwarten.

»Sie haben Old Buck gestern mit diesem Wagen zum Motel gebracht«, erklärte Justus. »Heute sind Sie erneut dort gewesen. Allerdings mit dem Pferd. Darauf lässt die Satteldecke schließen, die Spuren von frischem Schweiß aufweist. Sie haben sie extra zum Trocknen nach draußen gehängt.«
Bob nickte eifrig. »Ein Pferd ist hier draußen doch deutlich unauffälliger als Ihr Sheriff-Wagen, den jeder schon von Weitem erkennt. Außerdem konnten Sie anschließend mit dem Pferd bequem bis zur Höhle reiten.«
»Höhle?«, echote der Sheriff tonlos.
»Höhle«, bestätigte Justus. »Das brauchen Sie gar nicht zu leugnen, Sir. Das Betreten der Black Smoke Cavern ist schließlich keine Straftat. Genauso wenig wie die Suche nach einem Schatz. Was wir Ihnen hingegen vorwerfen, ist die Entführung eines Hundes sowie der nächtliche Einbruch auf der Farm von Rosie Wrenwick.«
»Das sind infame Unterstellungen!«, bellte der Sheriff.
»Die Summe der Indizien spricht für sich«, sagte Justus gelassen.
»Tut sie nicht«, bellte Stone. »Ich habe neulich einen streunenden Hund eingefangen. Daher das Fell im Auto. Und die Reifen des Autos sind trocken, weil ich tatsächlich mit dem Pferd unterwegs war. Allerdings war ich nicht bei einer Höhle, sondern bei den Weiden. Ich musste einen Hinweis auf entlaufene Rinder überprüfen.«
»Die entlaufenen Rinder hatten wir doch schon mal«, sagte Bob skeptisch. »Hier scheinen ständig Tiere unterwegs zu sein.«
»Auf dem Land kommt das durchaus des Öfteren vor«,

meinte der Sheriff. Er hatte sich wieder etwas beruhigt. »Besonders nach so einem Unwetter.«

Justus ballte die Hände zu Fäusten. Sheriff Stone hatte mit einem Rundumschlag für sämtliche Anschuldigungen eine Erklärung gefunden. Auch wenn sie wussten, dass er log, konnten sie ihm nichts nachweisen.

»So, ich muss jetzt los«, sagte der Sheriff entschieden. »Wir sprechen uns später, Jonathan.« Es klang beinahe wie eine Drohung.

»In Ordnung, Sir«, sagte der junge Polizist geknickt.

»Nein, es ist nicht in Ordnung!«, stellte Justus fest. »Sheriff Stone war heute auf Schatzsuche. Er hat in Rosies Büro das Greenhow-Rätsel entdeckt und ist auf das Spiel hereingefallen.«

»Der Junge hat wirklich eine blühende Fantasie«, meinte der Sheriff leichthin.

»Sie spionierten uns hinterher«, fuhr Justus ungerührt fort. »Doch dann befürchteten Sie, dass wir den Schatz vor Ihnen finden könnten. Sie erzählten uns etwas von entlaufenen Bullen, die in der Gegend unterwegs seien. Schließlich wollten Sie selbst in Ruhe am Broken Nose Jump nach dem Schatz suchen.«

»Was für ein ausgemachter Unsinn!«

»Ach wirklich?«, gab Justus kalt zurück. »In derselben Nacht sind Sie in Rosies Schuppen eingebrochen, um den Rätseltext zu entwenden.«

»Und Old Buck hat Sie nicht gestellt, da er Sie seit Jahren kennt«, fügte Bob hinzu.

»Und warum sollte ich den Hund dann noch zusätzlich entführen?«, fragte der Sheriff. Mittlerweile lächelte er herablassend. Er sah sich auf der sicheren Seite.

»Die Entführung kam erst später«, stellte Justus richtig. »Sie diente als Ablenkungsmanöver. Wir sollten uns mit der Suche nach Buck beschäftigen, weil Sie selbst nicht schnell genug mit dem Rätsel vorankamen.«

»Doch vermutlich belauschten Sie uns, als wir im Innenhof der Bibliothek über die Höhle sprachen«, sagte Bob anklagend. »Da kurz darauf das Unwetter tobte, konnten Sie die Suche aber erst am nächsten Morgen fortsetzen.«

»Bemerkenswert ist dabei, dass Sie vor dem Ritt zur Höhle noch den Hund versorgt haben«, mischte sich Brian ein. »Sie haben überprüft, ob er die Nacht im Motel gut überstanden hat.«

»Das spricht für Sie«, gab Justus zu. »Auch ist Ihr Motiv, das ich hinter allem vermute, durchaus nachvollziehbar. Die Sheriff-Station in Nothing wird geschlossen. Ihre jüngeren Mitarbeiter werden hier in der Gegend übernommen, aber für Sie sieht es schlecht aus. Sie haben immerhin nur noch ein paar Jahre bis zur Pensionierung und bekleiden einen höheren Posten. Schwer, unter diesen Bedingungen eine passende Stelle zu finden. Hinzu kommt die Tatsache, dass es Ihrer Frau nicht gut geht. Ein Umzug würde sie sehr belasten. Also suchten Sie händeringend nach einer Möglichkeit, in Nothing zu bleiben. Das Gold hätte Ihnen dabei einen guten Dienst geleistet. Es hätte Sie finanziell unabhängig gemacht.«

»Es reicht, Justus«, sagte Jonathan betreten. »Es gibt keine Beweise für diese Theorie.«

»Und was ist das hier?«
Alle drehten sich zu Peter um, der langsam angehumpelt kam. In den blutverkrusteten Händen hielt er eine Holzkiste.
»Die lag in Ihrer Mülltonne!« Der Zweite Detektiv brachte ein schräges Grinsen hervor. »Ich wette, man findet Ihre Fingerabdrücke am Schloss.«
»Das lässt sich leicht feststellen«, rief Justus triumphierend. »Und wenn wir schon dabei sind, können wir auch gleich die Haare aus dem Auto analysieren. Ich wette, sie stimmen mit denen von Old Buck überein.«
Der Sheriff fuhr sich mit beiden Händen über das Gesicht. »Macht bitte keine große Sache daraus!«
»Sir!«, sagte Jonathan erschrocken. »Dann haben Sie tatsächlich bei meiner Großmutter eingebrochen?«
»Es war doch alles nur wegen Holly«, sagte der Sheriff leise. »Ich wollte so sehr, dass sie in Nothing bleiben kann.«
»Verständlich.« Jonathan blickte betrübt zum Haus hinüber, wo sich gerade eine der Gardinen bewegt hatte. »Aber ich muss die Sache melden und einen Bericht verfassen. Das ist meine Pflicht.«
»Denk bitte an Holly!«, sagte der Sheriff kaum noch hörbar.
»Wir gehen jetzt«, sagte Jonathan. »Ich will in Ruhe nachdenken und mich mit Oma Rosie besprechen.«
Der Sheriff nickte und schlurfte zurück zum Haus.
»Ihr seid richtig gute Detektive!«, sagte Jonathan anerkennend zu Justus, als sie zu den Autos zurückgingen.
»Ich bin manchmal noch nicht gut genug«, gab Justus zu. Dann wandte er sich an Ashlyn. »Ich glaube, ich muss mich bei dir entschuldigen!«

Das Schicksal ruft

»Schade, dass ihr schon wieder abfahrt!«, sagte Ashlyn bedauernd. Sie und ihr Bruder hatten die drei ??? mit dem Pick-up nach Nothing gefahren. Dort saßen sie nun – etwa zwei Wochen nach dem dramatischen Ende der Schatzsuche – im Eiscafé und löffelten jeder einen *Berg des Schicksals*.
Justus sah auf seine Armbanduhr. Sie hatten noch etwas Zeit, bis ihr Bus kam.
»Also, ich fand die Zeit auf Großtante Rosies Farm ganz schön«, meinte Bob. »Und letztendlich habt ihr ja dafür gesorgt, dass es auch noch richtig kriminell zuging.«
»Und das mitten in Nothing, wo sonst nie etwas passiert!«, meinte Peter grinsend.
»Dazu ist es ja überhaupt erst gekommen, weil die drei ??? hier waren«, meldete sich Justus zu Wort. »Wenn wir keine Detektive wären, hätten Ashlyn und Brian sicherlich keine Schatzsuche mit Rätselsprüchen ausgearbeitet. Und wenn sie diese Schatzsuche nicht inszeniert hätten, wäre Sheriff Stone niemals auf die Idee gekommen, nach dem Schatz zu suchen. Und er wäre nicht in den Zugzwang geraten, dabei kriminelle Handlungen durchzuführen.«
»Verrückt, aber vermutlich wahr«, meinte Peter. »Diesen Fall gab es also nur unseretwegen.«
»Wir ziehen das Verbrechen eben geradezu magnetisch an.« Bob lachte. Doch dann wurde er wieder ernst. »Ich hoffe, der Sheriff weiß es zu schätzen, dass er sich nicht vor Gericht verantworten muss.«

»Jonathan ist die Entscheidung nicht gerade leichtgefallen«, sagte Brian. »Aber Grandma hat ihn schließlich überzeugt. Sie ist zwar stinksauer auf den Sheriff, aber sie will nicht, dass Holly Stone unter der Sache leiden muss. Außerdem ist niemand zu Schaden gekommen.«

»Na, zumindest nicht mit Absicht«, meinte Peter.

»Das stimmt«, gab Brian zu. »Deshalb konnte Jonathan Gnade vor Recht ergehen lassen.«

»Die Stones bleiben übrigens hier«, fügte Ashlyn noch hinzu. »Walther hat es mir heute erst erzählt. Sheriff Stone wird seinen Beruf aufgeben müssen, aber er kann in Sorrow für einen Wachdienst arbeiten. Dort bekommt er weniger Geld und hat einen längeren Arbeitsweg, aber seine Frau muss Nothing nicht verlassen.«

»Ist alles zu eurer Zufriedenheit?« Priscilla Sicktree trat an ihren Tisch. Wie auch beim letzten Mal trug sie ihre große Brille und musterte ihre Gäste aufmerksam.

»Vielen Dank«, entgegnete Justus. »Sie haben sich mit Ihren Vorhersagen geradezu selbst übertroffen.«

»Danke«, gab die Bedienung mit leicht geröteten Wangen zurück. »Unsere Schatzsuche hat euch hoffentlich einen spannenden Urlaub bereitet.«

»Sie hatte einen hohen Unterhaltungsfaktor«, gab Justus zu. »Wenngleich der in manchen Aspekten etwas zu reißerisch ausfiel. Das Blut auf dem Steinboden war beispielsweise etwas übertrieben.«

»He«, wandte Ashlyn ein. »Dafür habe ich mir extra eine Schramme aufgekratzt! Das tat tierisch weh!«

»Frag mich mal bitte«, murmelte Peter. Von seinem Absturz

zeugten mittlerweile nur noch ein paar Schrammen und blaue Flecken. Allerdings konnte er sich noch gut an die Schmerzen erinnern. Besonders die erste Nacht war ihm mehr als unangenehm im Gedächtnis geblieben. Justus und Bob ebenfalls, da Peter sie mit seinem Ächzen und Stöhnen wach gehalten hatte.

»Wir müssen jetzt zahlen«, bemerkte Justus nach einem weiteren Blick auf die Uhr.

Alle kramten ihre Portemonnaies hervor und reichten Priscilla das Geld für das Eis.

»Ich wünsche euch eine gute Reise«, sagte die Bedienung, als sie die leeren Eisbecher auf ihr Tablett räumte. Dann blickte sie nachdenklich von Justus zu Peter und dann zu Bob. »Am Meer werden euch neue Abenteuer und Gefahren begegnen«, raunte sie geheimnisvoll. »Drei Satzzeichen bestimmen nach wie vor euer Schicksal und ihr werdet dem Verbrechen ins Auge blicken.«

»Diese Vorhersage trifft ganz bestimmt zu!« Justus grinste. Er schulterte seine Reisetasche. Dann drehte er sich zu Peter und Bob um. »Kommt, Kollegen! Die Verbrecher in Rocky Beach hatten lange genug Schonzeit.«